CREATING UNFORGETTABLE CHARACTERS

角色人物的解剖

你寫的人物有靈魂嗎？
劇本、小說、廣告、遊戲、企畫
都需要的角色形塑教科書！

LINDA SEGER

琳達・席格————著

高遠————譯

本書獻給我的家人

我的父母
Agnes & Linus Seger

我的姊妹
Holly & Barbara

推薦語

「在這本書裡，琳達‧席格手把手帶著我們探索戲劇的核心——劇中人，他們會教會我們關於自身的東西。這本書真是獨特、令人著迷。對每一位認真的寫作者來說，這是必讀之書。」

　　——Barry Morrow，編劇，代表作《雨人》、《比爾靠自己》、《凱倫‧卡本特的故事》

「這本書充滿迷人的想法和洞見。我認為所有電視、電影、廣告編劇都能從本書獲益。」

　　——Ron Bass，編劇，代表作《雨人》、《將計就計》、《新娘不是我》

「琳達‧席格為電視和電影編劇提供了一堂短而精的課程。雕琢和提升劇本的終極祕訣就是——提升人物。沒有琳達，我不知道我們該怎麼把這項工作做到最好。」

　　——Barbara Corday，前哥倫比亞影業電視部門總裁，《警花拍檔》聯合主創

「本書裡的基本要點能幫助我們理解角色，把角色納入劇本。它提出了一些能夠為寫作者帶來靈感的問題。它是一份寶貴的工具，能夠在電影中創造出栩栩如生、令人難忘的人物。」

　　——Jeremy Kagan，編劇／製片／導演，作品《抉擇》、《狼女傳奇》

「提升人物是寫小說過程中最難的一部分。琳達・席格創造了一種思考方式，讓寫作者對其他人變得更為敏感，以新方式觀察他人的生活。」

　　　　──Robin Cook，小說家，作品《八號房禁地》、《蓋美拉》、《侵害意圖》

「這本書是寶貴的資源，能創造豐滿而吸引好演員的人物。」

　　　　──Dianne Crittenden，《證人》、《黑雨》、《星際大戰》選角導演

「在如何寫出有血有肉的角色方面，這本書是無價的。」

　　　　──Gale Anne Hurd，《魔鬼終結者》編劇，《異形2》、《世界末日》製片

「琳達・席格的書在幫你在考察人物時，也幫你考察自己的想法。這本書沒有廢話，引導你得到簡單易懂的答案，並且激發你的創造力。」

　　　　──Fay Kanin，《教師之戀》編劇，美國電影藝術與科學學院前主席

「這本書對那些試圖超越刻板寫作、寫出原創性的小說家與劇作家來說，非常有用。」

　　　　──Dr. Linda Venis，UCLA 編劇推廣教育學程主任

Contents

前言

　　很多年前，一位電視製片前來拜訪我。她的劇本遇到了人物方面的問題。某位頗具名望的演員已經出演了這個角色，但卻沒有什麼發揮的餘地。在諮詢期間，我們對這個人物的情感層次、性格的其他面向及其潛在變化出了一些主意。後來，該演員因出演這個角色而獲得了艾美獎提名。

　　幾個月之後，又有人來找我諮詢。這次是一部系列劇的製片，他們陷入了麻煩——收視率很低，電視台威脅要撤銷此劇。儘管演員表演出色，人物大體上也得到很好的描繪，但人物還是沒有多少延伸的可能性。在晚間的討論會中，我們想出了一些潛在衝突、能夠延伸人物面向的故事話題、已出現在劇中但尚未發掘的富有活力的人物關係，以及能夠不斷吸引觀眾的東西。製片們很興奮，並著手調整方向。可惜他們太遲了，電視台已經決定撤銷該劇。從此以後，劇中那些多才多藝、廣受歡迎的明星們再也沒有上過其他劇，儘管他們曾在過去取得了巨大成功。

無論在何種情況下，對一個成立的故事而言，人物都是其中的關鍵。如果人物不能成立，光有故事和主題是不足以吸引觀眾和讀者的。回想一下小說《亂世佳人》（*Gone with the Wind*）、《梅崗城故事》（*To Kill a Mockingbird*）、《簡愛》（*Jane Eyre*）、《湯姆瓊斯》（*Tom Jones*），戲劇《阿瑪迪斯》（*Amadeus*）、《危險關係》（*Les Liaisons Dangereuses*）、《玻璃動物園》（*The Glass Menagerie*），電影《北非諜影》（*Casablanca*）、《安妮‧霍爾》（*Annie Hall*）、《大國民》（*Citizen Kane*），電視劇《我愛露西》（*I Love Lucy*）、《全家福》（*All in the Family*）、《新婚夢想家》（*The Honeymooners*）中的那些難忘的人物吧。甚至像《48小時》（*48 Hrs.*）、《致命武器》（*Lethal Weapon*）、《終極警探》（*Die Hard*）這樣的動作片或者《半夜鬼上床》（*A Nightmareon ElmStreet*）這樣的恐怖片，其成功也應歸結於人物得到了有力、良好的描寫。

　　創造難忘的人物是一個過程。儘管某些創作者認為這是教不出來

的，但作為一名劇本顧問，我發現還是有些程序和概念能夠有效地改善人物。在與許多頗得讚譽的創作者的對話中，我也學到了一些技巧和方法。正是通過它們，偉大的創作者創造出了偉大的人物形象。

我也知道，編劇們面臨的難題和製片、導演、行政人員、演員們面臨的難題是一樣的。這些人都需要定義人物，提出正確的問題並找到有效的解決方案。

本書的概念與各種虛構人物的創造有關。這些概念都基於我從事戲劇教學、劇場導演和近十年來從事劇本諮詢時發現的某些原則。為了使書中的概念得到清晰的表述和確認，我訪問了三十餘位創作者——包括小說家、電影編劇、電視劇編劇、戲劇家、廣告創意人。鑒於我的業務集中在電影劇本方面，書中的大多數例證選自電影和電視劇。而來自小說和戲劇的文學例證也多被拍成電影，因此例子無論是影片還是小說應

該都能為大多數讀者熟悉。在我和小說家的對話中，他們也確認了所有與電影、電視有關的人物概念同樣適用於小說。

由於我的前一部書《編劇點金術》（*Making a Good Script Great*）已經探討了人物與故事和結構的關係，這本書中，我就不再重複了。我將在本書中著眼於創造豐滿人物以及人物關係的過程。如果你是個寫作新手，那麼這些過程將有助於你明白在沒有靈感時如何應對。即使你是位有經驗的作者，你也偶爾會發現筆下的某個人物不能成立，那麼回顧一下這些過程將有助於你理解自己憑本能所做的事情。

經由知識和想像的結合方能創造出人物。本書的目的在於促進你的創作過程，使你通過它最終創造出有力、立體、難忘的人物。

01
研究你的人物

從前，有個客戶帶了很棒的劇本構思來找我。一年多來，她一直在寫作和修改這個劇本。她的經紀人對此很興奮，急切地期待著這個新故事。

儘管有人說她之前的一些劇本還不足以打入美國商業片市場，但這個劇本卻很有趣、很有力。不少製片人會把這種類型的故事稱為「高概念」（high concept），也就是說它具有強烈的吸引力、獨特的故事情節、清晰的衝突和易於認同的人物。

她的第一部影片剛剛製作完成，並且希望這個劇本能打出一片新天地。雖然她很快就寫完了，但其中的人物卻不成立。她徹底進行不下去了。

在分析她的劇本時，我發現她對背景，即人物所處的世界還不夠瞭解。劇本裡很多場景發生在流浪者收容中心。儘管她花了不少時間在收容中心為流浪者盛湯並和他們交談，但她從未真正體驗過在那裡或在大街上睡覺的滋味。結果，細節和情感便缺失了。顯然，只有一條路能夠突破人物的問題，那就是回到研究中去。

創造人物的第一步就是研究。大多數寫作都是對新領域的個人探

索。這就要求作者必須做一些研究，以確保人物和環境真實且有意義。

很多創作者熱愛這一研究過程。他們把這描述成一種瞭解不同世界與不同人們的歷險、探索或機會。他們喜歡看到，在花了幾天時間瞭解人物的世界之後，人物逐漸有了生命。當研究證實了他們憑本能認識到的東西，他們會感到無比快樂。每一種新的見識都使他們感到自己正在創造人物的道路上闊步前進。

另外一些人則覺得做研究是可怕的，是工作中最困難的一部分。很多創作者會抗拒它，他們寧可花上無數時間打電話或在圖書館裡查找資料。研究可能會耗時不菲而結果卻令人沮喪。當你成功之前，說不定會無數次鑽進死胡同。你可能不知道怎樣開始對一種特定性格的要點進行研究，但研究卻是創造人物過程的第一步。

人物的厚度可以與冰山相比。觀眾或讀者只能看到創作工作的頂端——可能只佔創作者對人物全部認識的百分之十。但創作者需要相信，所有這些工作都會深化人物，即使大多數資訊從來不會直接出現在劇本裡。

你何時需要去做研究呢？比如你在寫小說。每個讀過你小說的人都認為你的主角，一個三十七歲的白人男性，雖有迷人的個性，但他的某些動機卻不可理解。於是你覺得自己應該更多地瞭解人物的內在運作。一個朋友建議你讀一下丹尼爾·萊文森（Daniel Levinson）的《人生的四季》（*Seasons of Man's Life*）。這本書寫的就是中年危機。此外，你還安排自己去旁聽男人們的集體心理分析。你希望通過這些研究去瞭解男人在中年時發生的轉變以及這如何驅動他們的行為。

或者，你剛剛寫完了劇本，可是你的某個配角——一個黑人律師——似乎不像其他人物那麼充實。於是你聯繫了全國有色人種進步協會，看看他們能否幫你找個黑人律師聊聊。你希望發現種族背景對從事

這一特定職業的特定人物的影響。

　　或者，你被安排去寫一部關於路易斯和克拉克（Meriwether Lewis & William Clark）[1]的電影。你很精明，於是便向製片廠要了研究經費、交通費和八個月的時間。你需要理解和體驗這一旅程，需要知道這段日子是怎樣影響人物及對話的。

1.1　總體研究與特殊研究

　　從哪裡開始呢？首先你要知道，你不是從打草稿開始。你這一輩子都在做著研究，因此你有很多素材可以利用。

　　你一直在做著所謂的「總體研究」。這種觀察或者說關注，形成了人物的基礎。你也許天生就會看人。你觀察他們走路的姿態、他們的工作和衣著、他們說話的節奏甚至是思維模式。

　　如果你除了寫作還從事別的工作，比如醫療、房地產或歷史教學，那麼你在工作中吸收到的一切素材，都能被運用到寫作出一部醫療題材的電視劇、一篇關於房地產業的短篇小說或一部以中世紀英格蘭為背景的長篇小說中。

　　當你在參加心理學、藝術或科學課程時，你就是在做總體研究。你在其中學到的東西會為你的下一個故事提供細節。

　　很多寫作教師都會說「要寫你瞭解的東西」。這是為你好。他們認識到，貫穿一生的觀察和總體研究能夠產生大量細節，而要寫自己未曾體驗的領域，則需要經年累月才能瞭解與之相當的細節。

1　譯註：梅里韋瑟・路易斯（1774–1809）和威廉・克拉克（1770–1838），美國探險家，1803–1806年間完成首次穿越美洲的探險。

電視劇《雙面嬌娃》（*Moonlighting*）的故事編審、《如何行銷你的劇本》（*How to Sell your Screenplay*）的作者卡爾‧索特（Carl Sautter），說曾有位編劇向他毛遂自薦了一個點子：「他要寫部講述四個女孩去勞德岱堡度春假的影片。這個想法沒問題，但我後來發現他從未在春假期間去過勞德岱堡。我們接著聊，我得知他來自堪薩斯州的一個小農場。他說：『真可惜我沒去成，可那時恰逢薄餅節（pancake festival）啊。』在那個小鎮上，年年都會舉行薄餅節。他向我描述了有關薄餅的一切以及節日的各種細節。於是我說：『這才是故事啊。有很多東西值得拍成電影。你為什麼要寫一個自己從未體驗的故事呢？要知道有上千人都能比你寫得更好。還是寫你瞭解的東西吧。』」

人物的創造開始於你已經瞭解的東西。但是總體研究不一定能產生出足夠的資訊，你還需要做特殊研究才能填補人物的細節。在你自己的觀察和體驗裡可能沒有這些。

小說家羅賓‧庫克（Robin Cook，著有《八號房禁地》〔*Coma*〕、《蓋美拉》〔*Mutation*〕、《伊波拉爆發》〔*Outbreak*〕等書）儘管是位醫學博士，但還是要為他的醫學小說做些特殊研究。「這些研究大多是閱讀，」他說，「但我也和那些對我小說中的課題有專項研究的醫生談過。事實上，我通常會在某一領域裡做上幾週的工作。在寫《大腦謀殺案》（*Brain*）這本書時，我花了兩三週時間和一位神經放射學專家一起工作。而為了寫《伊波拉爆發》——這是一本關於當今流行病的書——我訪問了亞特蘭大疾病控制中心的工作人員，並在那裡研究了病毒。為了寫《蓋美拉》，我研究了基因工程學。這個領域變化的步伐很快，以至於我在醫學院裡學的東西都不再有效了。出一本書要花我一年的時間。我通常用六個月做研究，兩個月寫大綱，兩個月寫書，然後再花上好幾個月做宣傳之類的事和在醫院工作。」

1.2　背景

人物的變化不會發生於真空之中。他們是環境的產物。一個來自十七世紀的法國人物和一個來自 1980 年代的德州人物是不同的；伊利諾州小鎮上的藥劑師和波士頓綜合醫院的病理學家是不同的；生長在愛荷華州農場的窮孩子和生長在南卡羅萊納州查爾斯頓的富家子是不同的；非洲裔、西班牙裔或者愛爾蘭裔美國人也和來自聖保羅的瑞典人是不同的。對人物的理解開始於對人物周圍背景的理解。

什麼叫背景？席德‧菲爾德（Syd Field）在他的《實用電影編劇技巧》（Screenplay）中做了極好的定義。他把環境比作空杯子。杯子就是背景。它是環繞著人物的空間，可以由故事和人物的細節灌滿[2]。對人物影響最多的環境因素包括文化、所處時代、地域和職業。

1.3　文化

一切人物都有其種族背景。如果你是個第三代瑞典–德國裔美國人（就像我這樣），那麼這一背景的影響可能已經很小了。但如果你是第一代牙買加黑人，那麼種族背景就可能決定你的行為、態度、情感表達和人生哲學。

一切人物都有其社會背景。一個人是來自愛荷華州中產階級農場家庭，還是來自舊金山上流社會，其中就存在區別。

一切人物都有其信仰背景。他們是名義上的天主教徒，正統猶太教徒，新時代的哲學追隨者，還是不可知論者？

2　原書註：Syd Field, *Screenplay* (New York: Dell Publishing, 1979), pp. 31-32.

一切人物都有其教育背景。上學的年數和特定的學習領域都會改變人物的性格。

所有這些文化狀況都會大幅度地影響人物的性格，決定他們的思考和說話方式，決定他們的價值觀、關心的東西和情感生活。

電影《發暈》（*Moonstruck*）的編劇約翰·派翠克·尚利（John Patrick Shanley）來自一個愛爾蘭裔美國家庭，但他一直在觀察街對面的義大利鄰居。他說：「我發現他們吃的食物更好。他們非常關心自己的身體。他們講話時，說的全是自己的事。我也很喜歡愛爾蘭人身上的一些東西。比如，他們的話比義大利人多，而且別有一種魅力。所以我兼取二者的長處⋯⋯用於我的寫作和生活。」[3]

威廉·凱利（William Kelley）為了寫電影《證人》（*Witness*）花了七年時間研究阿米許（Amish）[4]文化，試圖在這些不願與公眾交談的人身上發現更多資訊。「阿米許人對好萊塢非常不信任。為了打破隔閡，我度過了一段難熬的日子，直到遇到了米勒主教（Bishop Miller）。當我偶然間向他提到這部電影需要十五輛馬車時，他立刻說『啊哈』。他是個馬車匠，也是個很好的商人。於是，我突然間拿到了觀察阿米許生活的入場券。」

米勒主教成了《證人》中伊萊（Eli）的原型。通過與阿米許人結交，凱利發現他們很好色、「對馬肉很內行」、很有幽默感，而且女人也喜歡賣弄風情。

文化背景決定了人物說話的節奏、語法和詞彙。大聲讀出下面的對

3　原書註：Dick Lochte, "Stardomstruck," *Los Angeles Magazine*, March 1988, p. 53-56.

4　譯註：阿米許，基督教中的一個再洗禮教派，十七世紀晚期在瑞士形成，以創始人雅各·阿曼（Jacob Amman）命名，現主要存在於美國和加拿大。信徒主要為德裔，為宗法制自治社會，按照傳統風俗過著農耕生活，拒絕現代科技，並很少與外界來往。

話，聽聽人物的聲音。

在蘇珊・山德勒（Susan Sandler）的電影《擋不住的來電》（*Crossing Delancey*）中，上西區[5]的語言和下東區[6]的語言存在著反差。在該片中，所有的人物（除了那個詩人以外）都有猶太背景，並來自紐約的一個特定區域。這些背景都影響了他們的語言。

上西區的伊奇（Izzy）描述她的處境時說：「我去見了個人，一個做媒的人。祖母安排了這次的既定會面。」

祖母布巴（Bubba）則用另一種節奏說話：「想逮猴子，你就得爬樹。狗才孤獨地生活，人不行。」

來自下東區的醃菜商山姆（Sam）則有不同的語言風格：「我是個快樂夥計。我喜歡早上起來聽鳥兒吱吱叫。我穿上乾淨襯衣，走進教堂，作作晨禱。九點鐘我就開門了。」

而詩人則說：「你身上確實有種高雅的沉靜，伊奇。」

聽聽愛爾蘭作家約翰・密林敦・森恩（John Millington Synge）的戲劇《下海的騎士》（*Riders to the Sea*）中的節奏：「此時他們聚在一起，死期來臨了。願全能的上帝垂憐巴特利（Bartley）的靈魂、邁可（Michael）的靈魂、謝穆斯（Sheamus）和帕奇（Patch）的靈魂，還有斯蒂芬・肖恩（Stephen Shawn）的靈魂。願他垂憐我的靈魂，諾拉（Nora）的以及所有在世人的靈魂。」

再聽聽阿米許人伊萊和費城員警約翰・布克（John Book）語言上的差別。這些節奏非常微妙，但是如果你大聲地讀出對話，你就會聽出伊萊話中那種輕快的調子和約翰話中的直率。

5　譯註：紐約的一個區，是知識分子的聚居地。
6　譯註：紐約的一個區，是移民的聚居地。

伊萊

要到英國人中間去，你可得小心。

約翰・布克

山繆（Samuel），我是個警官，調查這起謀
殺案是我的職責。

你故事中的人物總會來自幾個不同的文化背景。對那些和你具有相
同背景的人物，你可以根據自己的體驗找到他們的節奏和態度。而對那
些來自其他文化背景的人物，你就必須做些研究才能保證他們的文化得
到真實的反映，才能保證你創造的人物是有區別的，而不只是說話做事
都一樣的不同名字而已。

1.4 所處時代

把故事設定在其他時代是非常困難的。一般而言，這種研究是間接
的。如果故事發生在十六世紀的倫敦，作者只在二十世紀的街道上步行
是無法獲得資訊的。聆聽現代英國人講話也僅僅能使你對四個世紀之前
的語言得到點滴的瞭解。詞彙不同，節奏也不同，連詞語本身都不同。
當時的很多詞語和意義早已被淘汰了。

小說家倫納德・圖爾尼（Leonard Tourney）是加州大學聖塔芭芭拉
分校的歷史系教授。他曾經寫過幾部關於十六世紀英格蘭的書，包括
《古老的薩克森血統》（*Old Saxon Blood*）和《劇團男孩之死》（*The*

Players' Boy Is Dead）。他的職業背景為他提供了那個時期的知識，但他在寫書時還是必須對一些細節做特殊研究。

倫納德說：「我需要瞭解十六世紀末十七世紀初倫敦律師學院的歷史和慣例。我有部小說就是講審判的。我必須知道在十七世紀初，被告是否可以獲得辯護律師的代理。答案是不。這就使得審判看起來很怪。我還得知道有多少法官出席，有沒有陪審團，陪審團由多少人組成。我的創見基於我對那個時代的瞭解。當時，只要證據充分，任何可疑的行為都會被判定為巫術。我也必須瞭解那時對巫術會給予何種懲罰。」

最近，我為一個關於十九世紀中葉摩門教徒向西遷徙至鹽湖城的拍片計畫做了顧問。編劇和導演基斯·梅里爾（Kieth Merrill）在歷史語言和旅程細節方面提供了一些研究資訊。編劇維多利亞·韋斯特馬克（Victoria Westermark）修改並潤色了這個題為《遺產》（*Legacy*）的劇本。在此之前，她已經寫過一些以十九世紀為背景的劇本。她解釋了在過去的經驗中，她是怎樣為劇本打造時代特徵和語言的：

「通常我會研讀日記、原始信件和能找到的人物言論。寫下來的話和說出來的話不一樣，人們還是會在日記中揭示自身。信件可能很難弄到。我瞭解時代的另一種方式是閱讀十九世紀末的地方報紙，從中我能發現大眾的生活節奏還有他們的頑固之處，例如他們討厭的東西，甚至是咒罵的語句。

「我也到巴沙迪納市（Pasadena）的杭廷頓圖書館（Huntington Library）做過研究。在那裡我能讀到一些原始日記。我以十年為分期，記下了一些有趣的詞彙和片語。這些詞彙和片語現在已經不常用了，但能增加風情，且也不會讓觀眾聽起來感到太過時。」

即使經過了大量的研究，你還是經常需要想像一些你找不到的細節，要運用你瞭解到的一切，那個時代才能得到真實的反映。

1.5 地域

很多創作者都把他們的故事設定在相似的地域內。如果你在紐約長大，你的很多故事可能就發生在那裡。好萊塢有數千個劇本都在講人們來到這裡謀求發展的故事。創作者也會把劇本設定在他們曾經遊歷過或短期生活過的地方。對地域越瞭解，研究的必要性就越小。然而，很多瞭解某一地區的創作者經常發現需要回去做特別研究。

威廉・凱利曾經在賓夕法尼亞州蘭開斯特郡（Lancaster）生活過。他已經為《證人》的地域研究起了個好頭。然而，他還是回到那裡為他的人物尋找範本，並在這一過程中拓展了自己對阿米許人的瞭解。

電影《致命的吸引力》（*Fatal Attraction*）的編劇詹姆斯・迪爾登（James Dearden）是英國人。為了設定他的影片故事，他在紐約市住了相當長的時間。

伊恩・弗萊明（Ian Flemming）的兩部「詹姆士・龐德」系列小說《第七號情報員》（*Dr. No*）和《生死關頭》（*Live and Let Die*）以及幾部短篇小說都設定在牙買加。他在那裡擁有一座名為「黃金眼」（Goldeneye）的房產。此外，他在寫《雷霆谷》（*You Only Live Twice*）前遊歷過東京，還曾為了寫《第七號情報員續集》（*From Russia with Love*）乘坐過東方快車。

地域能影響到人物的很多方面。在《證人》中，費城那種狂熱的節奏和阿米許農場裡那種悠閒的生活大不相同。《突圍者》（*Electric Horseman*）裡那種西部的節奏和《上班女郎》（*Working Girl*）中紐約的節奏也頗不一樣。它們都會影響人物。

假設你來寫薩默塞特・毛姆（Somerset Maugham）曾兩次被拍成電影的短篇小說《雨》（*Rain*）或田納西・威廉斯（Tennessee Williams）的

《巫山風雨夜》(*The Night of the Iguana*)或格雷安·葛林(*Graham Greene*)的《權力與榮耀》(*The Power and the Glory*),你就會希望在描寫中捕捉到來自炎熱和潮濕的壓抑感,或是由於熱帶地區持續降雨導致的幽閉恐懼感。

如果你來寫瓊·薛佛(Jean Shepherd)的書《吾信吾主》(*In God We Trust*)或者柯帝士·漢森(Curtis Hanson)、山姆·哈姆(Sam Hamm)、理查·克勒特(Richard Kletter)的劇本《狼蹤》(*Never Cry Wolf*),你便會希望瞭解低於冰點的溫度會怎樣影響人的生活方式和行為。

戴爾·沃瑟曼(Dale Wasserman)的戲劇《飛越杜鵑窩》(*One Flew Over the Cuckoo's Nest*)是根據肯·凱西(Ken Kesey)的小說改編的。但他還是為理解人物做過地域研究。他說:「作為研究的一部分,我去了一些收容所,其中的條件有好有壞。為了和一家大收容所中的精神科醫師會面,我有一陣子還裝成了病人。我本來想在那裡待三週,結果十天就出來了。不是因為那裡嚇人或不舒服,而是恰恰相反,那裡舒服極了。我學到了很多意外的東西。首先,如果你把意願和意志交給院方,生活就會變得很簡單了。以這種方式生活下去的誘惑非常強烈。我瞭解很多病人,瞭解他們有透澈的思維和各種各樣的能力。」

當寇特·呂德克(Kurt Luedtke)創作《遠離非洲》(*Out of Africa*)的電影劇本時,他需要對 1920、1930 年代凱倫·白列森(Karen Blixen)在非洲的那片天地有全面瞭解。

「小時候,我曾經對非洲很有興趣。於是我確信自己能在書架上找到點什麼,結果至少找到了五十本跟東非有關的書。研究告訴我,直到 1892 年,非洲的邊界都尚未開放,人們只能住在已知的世界裡。」

書本為總體研究提供了資訊,但為了回答在創作劇本過程中浮現出來的那些問題,寇特還有很多特殊研究要做。

「我需要瞭解咖啡樹是怎樣生長的、怎樣開花的，種植園是怎樣運作的。通過訪問一位種咖啡的人，我知道了這些。

「我需要瞭解白人（主要是英國人）與肯亞黑人之間的關係。我需要瞭解非洲的部落，因為白列森可能不會僱基庫尤人（Kikuyu），而會僱索馬利亞人（Somalis）做傭人。

「我需要知道當時有多少白人靠獵取象牙維生。

「我需要知道政府的處境。這裡是殖民地還是被保護國？誰有權做什麼？政府和殖民者的關係如何？

「我需要知道『一戰』時東非的情況。你通常會認為『一戰』對東非沒有什麼影響，而事實上它卻有。」

所有這些細節——悠閒的生活，晚間以講故事為娛樂；殖民者和原住民之間的行為；自在漫遊的野生動物；以種植咖啡維生的經濟不穩定——都顯示出充分的地域研究有助於樹立生動的人物。

1.6 職業

有時職業會成為人物的背景。

華爾街的人和愛荷華州的農夫有不同的生活方式和步調。電腦分析員和奧林匹克跑步選手也有不同的技藝。園丁和足科醫生也因其職業形成了不同的態度、價值觀和興趣。

編劇暨導演詹姆斯・布魯克斯（James Brooks）被《收播新聞》（*Broadcast News*）的想法所吸引。他本身就是個真正的新聞迷，而且有過做新聞廣播的經驗。但即使具有這樣的背景，他還是花了一年半去研究劇本。作為研究的一部分，他花了相當長的時間和新聞播報員交談並在新聞台當觀察員。

「我很關心這個主題，」他說，「但是在開始的幾個月裡，我必須排除這種關心，這樣我才能盡可能地客觀，才能忘掉我自以為知道的事情。

「我透過與許多女性交談展開研究——特別是其中兩個，一個在華爾街工作，另一個是個記者。我對這樣的女性很感興趣——她們受過良好教育，上的是頂尖學校，大學剛畢業很快就取得成就，在職業上有很好的發展。

「在某些方面，我問的問題和人們在愛情的各個階段會問的問題沒有什麼區別，但是它更加客觀。」

除了與人談話，詹姆斯·布魯克斯還針對這一領域做了研讀：「我讀了默羅（Edward R. Murrow）[7]的長篇傳記，讀了一些新聞和廣播方面的文章，不論我讀到什麼感興趣的東西，我都會記下來。

「我在城市裡待了很長一段時間，在人們工作的地方閒晃。如果你花了足夠時間做研究，你就有更大的機率在正確時間出現在正確地點。」光靠「閒晃」，詹姆斯·布魯克斯就看到了很多可以被編入影片內的細節：「我看到有人跑來跑去——真的在跑——當磁帶出了問題的時候。」

我曾請教寇特·呂德克怎樣研究特定人物——比如一個保險櫃竊賊。寇特曾經做過新聞工作，所以他很享受這一過程。他解釋說，自己在這一過程中既可以獲得人物資訊，也可以獲得故事資訊。

「如果我要寫一個保險櫃竊賊的故事，我首先得成為法律權威。我會問：『你認不認識什麼人——有點文化，有點頭腦，而且願意跟我聊聊的？』總有五六個人會回答：『是啊，有個人可能願意跟你聊聊，也

7　譯註：愛德華·R·默羅（1908–1965），美國記者，1938 年他在維也納的戰爭報導被視為廣播史上的第一次「現場直播」，他在 1940 年不列顛空戰時期來自倫敦的報導，則形成其聞名於世的廣播風格。

許要收點錢。如果你肯給個幾百塊，他會很願意跟你聊的。」

「我現在還沒有必要尋找人物資訊，我要的是行業資訊和場景資訊。我必須要反覆問他出了岔子的那次，是怎麼回事。這只是為了用岔子製造有趣的故事。我可能要把關於特定人物的一切都找出來──不只是資訊──這是因為，這個關在牢房裡的傢伙可能對我並無用處。他可能是個真正的凶徒，而我卻可能出於商業上的理由，不把這個人物寫得那麼凶惡，而是讓他更有同情心一點。」

呂德克會問的問題有：他怎麼選擇作案地點？他為誰賣命？他為什麼獨自作案？問題出在哪兒？弄錢的方式很多，他為什麼要選擇撬保險櫃？他在哪兒學會撬保險櫃？他小時候做過什麼？

通過問這些問題──誰、什麼、何時、何地、為何，呂德克開始形成了結論──什麼樣的人會成為保險櫃竊賊，他和其他罪犯有何不同。「據我推測，保險櫃竊賊的天性中肯定包括對權威的抗拒和在犯罪方式上的保守。盜竊保險櫃與凶殺和搶劫是相對的。你不用一面拿槍指著什麼人，一面擔心對方也有槍。盜竊保險櫃是個精密而安靜的工作。你不會遇上任何人，你的目標只是經濟上的。你並不是個反社會的人，你只是生活在規則之外，你要的只是錢。」

寇特還會留意特定的詞彙。保險櫃竊賊現在都用什麼行話？這在圖書館裡可找不到。「一本 1970 年代出版的書上可能有些詞，但現在也已經過時了。」

寇特還根據資訊得出了其他結論。「如果他是個謹慎的人，他就不會去炫耀。他不想被人記住，不會穿著浮誇。他不會在自己居住的城市裡行竊，而會飛到聖路易斯，幹完活就走人⋯⋯」

對瞭解到的東西進行思考後，寇特開始構思適合這一人物的故事點：「他是個謹慎的人，不怎麼相信別人。我覺得這個故事是講他即將

犯下的錯誤──有人曾經警告過他不要與別人牽扯，但他沒有接受警告，結果麻煩就接踵而至了。」

通過這種類型的訪問，編劇得到了能使背景更加完整、使人物更加逼真的基本資訊。這也反過來激發了創造過程，幫助故事自然而真實地浮現出來。

練習：如果你要訪問一個保險櫃竊賊，你會問什麼問題──家庭？生活方式？心理？動機？目標？價值觀？

1.7　從總體研究中創造特殊研究

有時，在總體研究中，創作者會選擇一個認識的人作為人物的原型。

當威廉・凱利為《證人》做研究時，他遇到伊萊和瑞秋（Rachel）兩位人物的原型。他說：「米勒主教成了伊萊這個人物（但我沒告訴他）。當研究人物時，我首先從仔細觀察他們的面孔開始。面孔就是靈魂的地圖。我還會非常仔細地聽他的語調、口音和笑聲。如果他在開我玩笑，我能聽得出來。他不讓我拍照，所以我只能記住他的樣子。

「瑞秋的原型是米勒主教的兒媳。有一天，她從房子裡出來了。她賣弄風情似地歪著頭，害羞地瞟了我一眼，問道：『這麼說你要弄部電影了？我會被拍進你的電影裡嗎？』我答道：『只要你一直這麼跟我說話，我保證會的。』她很漂亮，二十七、八歲的樣子，長得有點像愛莉・麥克洛（Ali MacGraw）[8]，很引人注目。」

為了寫《收播新聞》，詹姆斯・布魯克斯把四、五個女人綜合成了

8　譯註：愛莉・麥克洛，美國女演員、模特兒。

珍（Jane）這個人物。而湯姆（Tom）則以他聽說過的一名特派記者為基礎：「有人告訴我一個故事，說此人被指派了一個去黎巴嫩的任務。結果他說：『這可沒門，我馬上就辭職。我結婚了，還有孩子。我才不會冒著掉腦袋的風險去黎巴嫩呢。』」布魯克斯覺得這是個有趣的人物，因為他在和陳規對抗。在新聞台裡，大多數人都會不惜一切地前往黎巴嫩，但這個人卻把妻子和孩子放在第一位。

如果你在研究中找到了人物原型，那麼這就是個額外的收穫。但是，特定的人物未必來自研究。如果你理解了人物的背景，你就可以通過想像來得到它。

1.8　蒐集素材的技巧

所有這些論述都顯然有一個過程。這些人都知道到哪裡去尋找，該問什麼問題。

問正確的問題是一門可以學習的技巧。

蓋爾・史東（Gayle Stone，著有《公敵》〔*A Common Enemy*〕、《廣播員》〔*Radio Man*〕）是位寫科技驚悚小說的作家，也是位寫作教師。她說：「很多人虛度了一生，發生在身邊的事百分之九十都被他們錯過了。每個人都有能力去留意。」

但有些人更容易做到這一點，也許是因為他們得到來自父母的鼓勵。這些人的記憶庫將儲存著更多資訊。如果有人能為你打開一扇大門，使你認識到自己其實從未真正留意身邊事物，可能性便也於為打開——你沒有理由不從現在開始。對生活的觀察沒有時間限制。只要你活著，只要你呼吸，你就可以去做。你可能會為自己居然知道那麼多，居然在無意識中一直在儲存故事而感到驚奇。」

很多人願意被人問起他們的工作，甚至可能會為此感到自豪。不管你是訪問一位聯邦調查局探員，還是跟一位專攻強迫症的心理學家交談，或是請一位木匠解釋他所使用工具的名字——誰、什麼、何時、何地、為何，這些問題通常都會產生出必要的資訊。

「結識你的圖書管理員」對那些想要儘快得到資訊的創作者來說也是一條很有價值的建議。圖書管理員要嘛知道答案，要嘛知道到哪裡找答案。

1.9　研究人物要多久時間？

研究可能比寫作耗時更長。時間的長度取決於你開始時知道多少，也取決於人物和故事的內在難度。

詹姆斯·布魯克斯說：「研究從不停止。我為了寫《收播新聞》花了一年半時間純粹做研究，全部的研究耗時四年，研究也在拍攝過程中繼續。」

威廉·凱利說：「我研究阿米許人長達七年之久，厄爾（Earl）和我在 1980 年編劇罷工時期寫了劇本，花了三個月。」

戴爾·沃瑟曼說：「《飛越杜鵑窩》的研究時間只有三個月，但我是以一本很有趣的書為基礎的。我花了六個月來寫劇本。」

如果研究做得不充分，寫作過程經常會耗時更長，而且會充滿沮喪感。儘管研究通常會持續到寫作進程當中，但是如果你對某一問題足夠熟悉的話，點子自然就來了。詹姆斯·布魯克斯說，當「你每遇到一個人，都使你更加確信自己所學到的東西；當你可以跟你所研究領域的人們以行話暢行無阻地交談」時，你就抓到訣竅了。

1.10 編劇現場：《迷霧森林十八年》
——深入非洲山林，研究剖析人物

1989 年 2 月，安娜・漢密頓・費倫（Anna Hamilton Phelan）以《迷霧森林十八年》（*Gorillas in the Mist*）獲得奧斯卡最佳改編劇本提名。這篇編劇現場，將從多方面示例如何透過研究來創造人物，即使如此，在這個例子中，人物也是以真人為基礎的。

「我從 1986 年 1 月中旬——即戴安・弗西（Dian Fossey）[9]遇害幾個星期後——開始研究這個人物。我 6 月 1 日完成研究，7 月 1 日開始寫劇本，9 月 1 日交稿，總共用了五個月研究、八週寫作。速度之所以快，是因為我已經萬事俱備了。我對自己掌握的東西十分有把握，沒怎麼費事就把它呈現在紙上了。

「為了這個故事，我做了幾種不同類型的研究。關於靈長類動物的資訊是從書上得來的。我閱讀了有關山地大猩猩的一切——所有的過期《國家地理》雜誌、加州大學洛杉磯分校圖書館裡所有和盧安達大猩猩有關的文獻。我瞭解了牠們夜間的巢穴——這後來成了影片中的一個場景。我還瞭解到，人千萬不要直視大猩猩，這會被牠們視作威脅並誘發攻擊。

「我瞭解到大猩猩對牠們的家庭和族群具有保護欲。族群中會有一隻青年雄性猩猩為其他成員擔任警衛。這很有用，因為其中一隻青年雄性猩猩迪基（Digit）是戴安最喜歡的猩猩，在影片中，牠最終把手放在

9　譯註：戴安・弗西（1932—1985），美國動物學家。1967 年，她開始在薩伊和盧安達對山地大猩猩進行觀察和研究，前後達十八年之久。她與大猩猩建立了非常親密的關係，後為反對盜獵大猩猩發起了保護組織，並著有《迷霧森林十八年》一書。1985 年 12 月，她在非洲的小屋內遇害，此事至今仍為懸案。

戴安手中。

　　「在非洲時，我在尋找環境給予我的直觀感受和氣味。儘管從電影劇本裡無法聞到人物和環境的氣味，但是在字裡行間你還是能感受到。我還在尋找在危險區域生活的感覺。很多危險源於在海拔三千多公尺的地方生活的不適。戴安患有肺氣腫，而氣候更使其惡化了。每天吸兩包菸加上生活在潮濕中加劇了她的肺氣腫。當我在遍布濕滑泥漿的群山中行走、遠足和攀登時，我不禁問道：『什麼樣的女人願意在這樣的環境裡過上十五年呢？』我長時間待在泥漿裡，那裡凍得要命。那絕對是刺骨的寒冷，我這輩子都從未經受過的寒冷。潮氣很重，人永遠是濕乎乎的。當你在戶外時，渾身上下從來沒乾過。

　　「我住在距離戴安遇害的地方僅四、五公尺遠的另一間小屋裡。我們被禁止進入她的小屋，謀殺發生後那裡就被圈起來了。但是從我這間的窗戶可以看到那裡，我很想進去觸摸一下裡面的東西。有時，通過觸摸東西就彷彿可以觸摸到真實生活的人。不好說，我不知怎麼表達，但肯定有些東西是你能用到寫作中的。我知道，如果我能進去觸摸她曾經觸摸的東西，那也許會對我有益。透過窗戶，我能看到那間皺巴巴的鐵皮屋子裡是什麼樣子，那裡有桌布、放乾燥花的小花瓶、小巧的銀質相框、漂亮的瓷器和銀器。在這樣一個陌生的地方看到這些貴重物品真是太古怪了，這激起了我對這個女人的強烈興趣。

　　「第一次看到大猩猩時，我感覺牠們是不真實的。牠們那麼文雅、溫順，好像在考慮著自己的事情，你一點也不會害怕。但是，我永遠也不會有戴安對猩猩的那種情感——那是種敬畏和好奇的情感。因此，我必須創造這種情感，這會有助於我觀察大猩猩。

　　「對故事實際發生期間的研究要更困難一些。這是因為，連年的內戰是故事中一條有力的副線。然而，我從戴安‧弗西的書中得到了一些

資訊。其中一章她提到了一點點她穿越邊境的事。我還讀了其他書，裡面描述了在剛果發生的衝突。

「當地人對戴安・弗西或她的研究計畫懷有極大的敬畏和愛戴。那些從未見過她的人也很喜歡她。人們把她叫作『尼拉馬切貝里』（Niramachebelli），意思是『沒有男人，獨自生活在森林裡的女人』。但是瞭解她的人卻不喜歡她。我採訪了四十個人，卻只有一個人喜歡她，那就是蘿斯・卡爾（Ross Car，電影中，這個角色由朱莉・哈里斯〔Julie Harris〕出演）。她樹敵很多，隨便一位都有可能是兇手。」

實作練習課

當你在考慮如何做研究時，關於人物，你可以問以下這些問題：

- 關於人物的背景我需要知道些什麼？
- 我理解他們的文化嗎？
- 我理解作為文化一部分的節律、信仰和態度嗎？
- 我是否與從屬於這一文化的某人相遇過、交談過、相處過？
- 我瞭解他們熟悉的東西嗎？我和他們有何差異？
- 我是否花了足夠的時間和許多不同的人相處，從而避免創造出僅僅基於一兩次會面的俗套人物？
- 我對人物的職業熟悉嗎？
- 我對這一職業有感覺嗎？通過對工作細節的觀察，我是否增長了見識？人們怎麼看待他們的工作？
- 我是否足夠瞭解人物所用的詞彙，以至於可以在對話中自然而充分地運用？

- 我瞭解人物生活的地方嗎？我瞭解那裡的布局外觀嗎？我曾否在那裡的街道上走過？
- 我對那裡的氣候、消遣活動、聲響與氣味都有所認識嗎？
- 我對那一地點和自己所處地點的差異有無理解？這對人物有何影響？
- 如果我把劇本時間設定在其他時期，我是否足夠瞭解那一時期的歷史細節，諸如語言、生活條件、服裝、人際關係、態度、影響效應？
- 我有無讀過日記或那一時期的其他文字，從而使自己認識了人們的說話方式和用詞？
- 在研究人物的過程中，我是否願意向知情人求助——無論他是圖書管理員還是特定領域的專家？

小結

幾乎每個人物都需要你去做研究。對新手而言，有很多理由去寫自己瞭解的東西。研究可能要花費不少時間和財力。很多新手無法負擔在非洲過一個月的開銷，也不知道怎麼找到一個保險櫃竊賊，更無法和阿米許馬車匠做一筆交易。

在創造有力人物的過程中，理解研究的重要性和理解研究的內容是非常重要的步驟。

一旦新手們克服了最初的研究阻力，很多人都會找到一條最令人興奮、最有創造性、最愉快的寫作途徑。它為賦予人物生命的想像力鋪平了道路。

02

定義你的人物
一致性與矛盾性

　　想想你真正喜歡的人吧──朋友、配偶、老師、親戚。關於這個人，你能想到的第一個特質可能與他／她的個性相一致。某一個朋友可能總是感情豐富、富同情心；而另一個則喜歡參加派對；也許某一位老師以邏輯和分析聞名；某一個親戚似乎在體育比賽和生活中都懷有強烈的好勝心。

　　但是接下來，你可能就會想到這個人的其他細節──令人驚奇的、不合理的、矛盾的細節。你最理性的朋友喜歡戴傻氣十足的帽子；你最憑感覺行事的朋友在業餘時間閱讀天文學書；你感情最豐富的朋友痛恨蟲子，只要在家裡一看到蟲子就用蒼蠅拍或殺蟲劑對付牠們。

　　定義人物是個來來回回的過程。你提問，你觀察，你透過自身的體驗來思考，你把這些用於編織人物，也用於檢測人物的一致性[1]。你認為這些細節是獨一無二、不可預知的。

1　編註：一致性（consistency）在後文中有兩種含義：第一，人物性格前後一致（連貫性）；第二，人物表現與性格設定相符（合情合理）。

這一過程看似偶然——某種程度的確如此——但是仍然有些特質能在所有層次分明的人物身上找到。當你的人物不肯生動起來，理解這些特質會幫助你拓展、豐富、深化他們。

2.1　開始下筆

無論你用什麼人作為你人物的原型——和你非常親密的人、你觀察過的人、你自己，或者你打算萃取諸多人物細節來組成一個人物，創造人物通常都始於有力的刻畫。生動的第一印象，將讓你對你的人物有所認識。

你可能觀察了人物的生理特徵——他長什麼樣？他怎麼走路？你可能想在一個人物遭遇危機時對其進行探索——他／她將如何行動和反應？你可以從直覺開始判斷這個人在意哪些事。

創造人物有幾個階段。儘管你不一定按照如下順序，但這些階段必須包括：

· 通過觀察和體驗，得到第一個想法。

· 對人物進行粗略刻畫。

· 尋找人物的核心，以創造人物的合理性。

· 尋找人物身上的矛盾之處，以創造人物的複雜性。

· 添加情感、態度和價值觀，以進一步充實人物。

· 添加細節使人物非凡且獨特。

2.2 觀察你遇到的人

創作者創造人物時所使用的許多素材，都來自對微小細節的觀察。

作家卡爾・索特（Carl Sautter）談到了他在某餐館裡觀察到一個不尋常的人物。這一真實生活場景幫助他向全班學生闡釋怎樣把觀察和想像結合起來。

「我那時在華盛頓特區開了一個研討班，討論的是人物。學生們提出了很多令人期待的人物——一個有著善良心靈的妓女、一個表面快樂內心痛苦的胖子等。午餐時我在咖啡店裡遇到了一個人。他拿著一碗湯和一把餐刀。我一面看他一面琢磨，他要把什麼泡在裡面？他的盤子裡放著一個麵包卷和一塊看起來又冷又硬的奶油。他很隆重地撕開包裝，把刀子插進奶油，挑著放進湯裡融化，然後再把奶油塗在麵包卷上。顯然，這就有其意義——用熱湯融化奶油來抹麵包。我於是便想到：『這個人的個性如何？這一行動告訴別人什麼？』我回到班上，把這件事跟他們說了。我們就用這個腳本問了一些關於這個人物的問題——他可能是什麼人？為什麼？多大歲數？——這些東西，比他們在真正開始觀察前憑空想像的東西好上十倍。」

在為廣告創造人物時，觀察就更為重要。作為最好的廣告人物創意人之一，喬・塞德邁爾（Joe Sedelmaier）會仔細觀察他所遇到的人們。他一般會根據他所留意到的人格特質挑選演員。而且，他還經常選擇非職業演員，因為他覺得他們更有趣、更真實。首先，他觀察。然後，他把觀察發現的東西轉化成人物。當他挑選克拉拉・佩勒（Clara Peller）作為溫蒂漢堡廣告〈牛肉在哪？〉（Where's the Beef）的人物時，他就利用了在她身上留意到的一些細節：「我第一次見到克拉拉是因為我們需要為廣告拍攝找一位美甲師。我們在對街找來了克拉拉。一開始，她的

角色不用講話。可當我拍完一個場景，她走過來用低沉的聲音跟我說：『嗨，親愛的，你好嗎？』我覺得這太棒了。從此我用她拍了不少廣告。當我被邀請去拍攝溫蒂漢堡廣告時，我覺得原始的想法完全錯了──一對年輕情侶捧著圓麵包說：『牛肉都到哪兒去了？』而我覺得讓兩位老太太說會更有趣。啟用克拉拉的想法闖進了我的腦海，就像一頭公牛闖進了瓷器店一樣。我幾乎能聽見她說『哎？牛肉都到哪兒去了？』於是我們開始拍攝了，但是克拉拉那時患了肺氣腫，她老說不好『牛肉都到哪兒去了？』，才講到『牛肉都到哪……』她就說不下去了，所以我只好讓她說『牛肉在哪？』」

2.3　套用自身經驗

　　無論你從哪裡開始創造人物，你最終都要用到自己的體驗。要把人物寫好，除此之外沒有別的辦法。沒有人能告訴你，你是否寫出了可信的、真實的、合情合理的人物。對於人物的一切，你必須仰賴自己的內在感覺。

　　一位又一位創作者強調了寫作的這一面。「無論我知道什麼，我都是從自己的體驗得來的，」編劇詹姆斯・迪爾登（James Dearden）說，「最終，作家必須描繪他自己。我身上有亞歷克絲（Alex Forrest），也有丹（Dan）[2]。如果你沒有體驗，那就出去找。我寫的所有人物都源於我自己。我從內心開始描寫。我總是在想，我在這樣的情境下會如何反應？」

　　卡爾・索特對此表示贊同：「我認為你必須要找到的人物要素，即是你自己。不見得每個人物都得是自傳，但你要經常問自己：『你想成

2　編註：在詹姆斯・迪爾登編劇的《致命的吸引力》中，丹與亞歷克絲分別為男、女主角。

為哪個人物？你希望自己擺脫什麼？」這樣當你開始寫故事時——也只有你能寫——你就把自己的寫作提升到一個新水平。所以，無論什麼人物，即使是配角，我都試圖從中尋找與我人格真正匹配的部分。」

《雨人》（Rain Man）的原創劇本作者巴利‧莫羅（Barry Morrow）說：「電影一定要是我感興趣的才行，否則寫起來一點樂趣都沒有。在《雨人》中，雷蒙（Raymond）喜歡的東西就是我喜歡的。他喜歡棒球和薄餅。而查理（Charlie）喜歡的東西我也喜歡——金錢、汽車和女人。」

編劇羅那‧貝斯（Ron Bass）對《雨人》進行了修改，他補充道：「我身上就帶著查理和雷蒙。我個性中有他們的全部缺點和優點。一部分的我確實害怕與人接觸，並為此會有過度補償行為[3]。我也確實具有查理那種防衛心，那一部分的我非常柔弱，渴望被人愛。寫作是很私密的過程，我知道自己何時是那個人，何時不是那個人。」

在電視中，經常會有「作者」出現在劇裡，向我們介紹某一人物。「作者」這個角色成為某種「鉛垂線」，或者說是衡量人物立體與否的尺度。

科爾曼‧勒克（Coleman Luck）是《私家偵探》（The Equalizer）的聯合製片，也在這部系列劇中擔任多集編劇，劇中人物麥考爾（Robert McCall）就是他的化身。他為這部劇工作了四年——幾乎從一開播就參加了，不少人物方面的決定就是由他作出的。

「有些電視編劇必須成為人物，」他說，「在編劇和人物之間存在著移情作用。我不認為有別的方式能實現這個。我身上有些東西就像麥考爾。我不是麥考爾，我沒當過中央情報局探員，但我有類似的體驗。二十二歲時，我作為陸軍軍官在越南參加了戰鬥，經歷了很多事。我可

3　譯註：心理學名詞，指為克服自卑等心理而發生的過度反應。

以理解他關心的東西、他的內疚感、他對原諒的需求、他對寬恕的需求。如果你沒有這種自我檢討的體驗，如果你不在某種程度上瞭解自己，你就永遠不能瞭解你的人物。你就是竭盡全力也不行。」

2.4　外貌描寫

讀者會對他們在小說中遇到的人物形成一種視覺印象。大多數小說都給予人物生動的描寫，以便使讀者對這個人物有直接的認識。

偶爾，有些小說，例如《凡夫俗子》（*Ordinary People*），會避免外貌描寫，而著眼於人物內心活動的細節。但是讀者也會運用他們的想像力，從這些心理細節當中形成他們自己版本的人物形象。

電影劇本幾乎總是對人物的突出細節給予一兩行描寫，以此來吸引讀者和潛在演員。

外貌描寫都有什麼作用呢？首先，它能喚起聯想——暗示出人物的其他狀況。從你寥寥幾行的描寫中，讀者就開始聯想到其他特徵並想像出額外的細節。

不妨根據以下的描寫發揮一下你的想像力。這句描寫取自我的客戶羅伊・羅森布拉特（Roy Rosenblatt）的劇本《火眼》（*Fire-Eyes*）：「一個長相俊美的傢伙，可能總是花太長的時間才完成工作。」

想到其他特質了嗎？你可能會開始想到他的倦怠感。你是否會懷疑他是個憤世嫉俗者？你也許會因為他的面孔覺得他可愛，但是你也會為他和工作以及同事間的衝突感到困惑。他怎麼會花那麼長的時間？也許他筋疲力盡了？你可能會為他感到難過，甚至是移情。你開始想到他走路和說話的樣子了嗎？

在小說中，人物描寫創造出的細節能夠使人物很快被辨認出來。想

想看對以下四位著名偵探的描寫吧——夏洛克・福爾摩斯（Sherlock Holmes）、布朗神父（Father Brown）、赫丘勒・白羅（Hercule Poirot）、瑪波小姐（Miss Marple）。

在柯南・道爾（Arthur Conan Doyle）筆下，夏洛克・福爾摩斯是高大、瘦削的，有一張鷹隼般的面孔，戴著獵鹿帽，身著灰色的旅行長斗篷。他冷漠而精確，具有非凡的觀察力[4]。

G・K・卻斯特頓（G. K. Chesterton）創造的布朗神父則是位矮胖的天主教士，總是拿著棕色的紙包裹和大雨傘。他富有幽默感，睿智，對人性頗有洞察[5]。

阿嘉莎・克莉絲蒂（Agatha Christie）筆下的赫丘勒・白羅是個矮小的比利時偵探。他長著蛋形的腦袋，對秩序懷有激情[6]。而瑪波小姐是個老太太，「很有魅力，很天真，頭髮蓬鬆，皮膚白裡透紅的老女人，穿著老式的斜紋軟呢外套和裙子，戴著長絲巾及一頂帶簷小氈帽」[7]。

在劇本裡，如果外貌的描寫是可以被表演的，那麼就應特別加強。這意味著有些東西可供演員運用——人物動作的某些感覺，或是某些特定樣態，如聳肩、歪頭、獨特的步伐等等。這些描寫給演員構建角色提供了線索。「漂亮」是很難表演的，「強壯」和「英俊」也沒什麼用。

在《致命的引吸力》中，亞歷克絲・佛瑞斯特這個人物是以外表、衣著選擇，及其對年齡的態度來界定的：

4　原書註：Arthur Conan Doyle, *Sherlock Holmes Selected Stories* (London: Oxford University Press, 1951).

5　原書註：G. K. Chesterton, *Father Brown Selected Stories* (London: Oxford World Classics, 1955).

6　原書註：Agatha Christie, *Curtain: Poirot's Last Case* (London: Collins/Fontana Press, 1975), p. 7.

7　原書註：Agatha Christie, *A Pocketful of Rye* (London: Collins/Fontana Press, 1953), p. 97.

剎那間，一位非常迷人的金髮女郎經過……她轉頭看了他一眼，讓他呆住了……她的外型很誇張，大約三十歲，但衣著更年輕一些，很時尚，仿佛在用這個逃避年齡。

以下是電影《魔譴之舞》（*Dance of the Damned*）中兩位主要人物的描寫，這部片由我的兩位客戶卡特・謝伊（Katt Shea）和安迪・魯本（Andy Ruben）編導與製作。注意裡面有多少可以幫助演員表演的細節──動作、感情、意圖。這些描寫傳達出的某種渴望感貫穿了整部影片：

那人不再看著自己的倒影──他有著敏感而英俊的面孔，輕盈、悲傷，帶著孩童似的天真。有個東西擋住了他的路，他歪了歪頭──像外星人一般怪異，像貓一般猶豫，像掠食者一般優雅。

我的另一位客戶桑迪・斯坦伯格（Sandi Steinberg）寫了我最喜歡的一段描述，這後來寫進了她的劇本《詛咒》（*Curses*）裡，它有一種漫畫感：

> 瑪莉亞－泰瑞莎（Maria-Theresa），五十多歲，是個很少
> 幻想的大塊頭女人。她驚醒過來，將一百八十瓜地馬拉鎊
> 塞進自己的粉紅色連衫襯褲裡，抓起一串大蒜抱在胸前，
> 開始唱起讚美詩來。

當你在寫的人物描述可被表演出來，重點就在於：既要夠籠統，這樣許多演員都能飾演此角；又要夠特別，這樣才能創造出明確的人物。人物描寫若能讓人聯想到該人物的其他特質，並引發各種遐想，便會吸引演員去想像，使他／她確信這是一個值得演繹的人物。

2.5　人物一致性：創造可信度

人物應該是前後一致的。這並不意味著他們是可預知的或是一成不變的。這意味著人物要像真人一樣有某種核心的個性，這樣才能界定他們的本質並使我們得以預期他們的行動。如果人物偏離了這一核心，他們就會變得難以置信，就會變得無意義和沒道理。

巴利・莫羅解釋道：「在影片中，人物的吸引力有部分來自他們的可預知性。你理解他們的本質，知道他們的歷史、他們的榮譽準則、他們的倫理和他們的世界觀。人物將做抉擇，並做出符合觀眾期待且喜聞樂見的確切決定。」

廣告執行麥可・吉爾（Michael Gill）贊同巴利的觀點，並補充道：「我對人物的意見相同 —— 他們就像你的朋友 —— 你需要可靠的連貫性。你不希望你的朋友每次談話時都變一個人。你不希望他們在情感上

和心理上一會這樣，一會又那樣。

「你要尋找的是具有已知特性的人物。一旦你創造了一個成功的人物，那麼藝術就在於，既要讓他保持新鮮感和時代感，又要維持那些令人們感到安心的、前後一致的特定情感和細節。」

人物的特質不是單獨存在的。一個具有連貫性的人物具有某些已確定的特質，已確定的特質反過來又暗示出其他的特質。

例如，假設下一部印第安納・瓊斯（Indiana Jones）的故事將由你來寫，其中一位人物是宗教學教授，他是早期基督教歷史專家，掌握著尋找重要文物的關鍵。我們對於這個人物的哪些猜想會是正確的呢？

如果這名宗教學教授有博士學位，我們就可以猜想他已經做過大量研究，能夠從晦澀資訊入手，在圖書館或書店裡輕易地找到各種類型的資料。對他而言，他在特殊領域諸如哲學、教會史、社會學、人類學的興趣就是合情合理的。

很多宗教學教授，特別是在美國大學或神學院獲得學位的那些，都具有博雅教育（liberal-arts）背景。他們上過藝術和文學課程，可能也學過一兩門科學。那麼對這樣一位教授而言，熱愛或者熟知文學、音樂、美術或建築就不能不算合情合理。而對考古學和早期教會史的興趣可能會導致他熱愛旅行。也許他曾經在土耳其、以色列和埃及做過考古學研究。此外，懂得幾門語言也不算不尋常，比如希臘文、拉丁文和希伯來文。

注意，一系列特性的組合就暗示出人物的其他特質。一個精於孟德爾頌（Mendelssohn）音樂的人可能會熟知維梅爾（Vermeer）和林布蘭（Rembrandt）的繪畫；一個在農場長大的人可能懂得修理拖拉機和汽車，懂得看天氣；一個成功的股票經紀人也許對日本的經濟模式有所瞭解。

儘管這一切看似顯而易見，但很多人物似乎並不具有預期中的連貫性。有些人物作為母親，竟沒留意到對街傳來的孩子哭聲；有些人物成長於巴西，在阿姆斯特丹的餐館裡聽到鄰桌傳來葡萄牙語時竟無反應。在電視劇中我見過不少人物，他們本應具有精確持久的記憶力，結果卻記不得眾所周知的日期或廣受歡迎的流行樂作曲人的名字。

　　缺乏連貫性的人物就是這個樣子。如果創作者出於某種原因，刻意用這種方式設定人物，那麼他就應該設定得更明確一些。否則看起來就像創作者對這種不連貫毫無意識。

練習：思考一下你對以下人物的特質會有怎樣的猜想——一位藝品商、一位兇手、一位加油站服務員。你想到的第一個特質可能很明顯。再想一會，提出一些具有連貫性但又是常人注意不到的特質。

　　如果你只設定了一兩個前後一致的特質，那麼你就會有創造出俗套人物的危險。合情合理的人物不能成為受限制的人物。通過對連貫性的創見，你可以產生很多並非俗套的聯想。你仍須挑出哪些人物面向將在故事中展現。當你知道並理解該類人物的核心性格，讀者或觀眾也會感到清晰。

2.6　人物矛盾性：創造複雜度

　　人性是複雜的，而虛構人物也不會僅僅只由「連貫性」構成。人是無理性、不可預知的。他們經常做出讓我們感到奇怪和震驚的事情，改變我們對他們的預想。許多特性只有在我們認識一個人很長時間後才能瞭解到。這些都是細節，而且不易顯現出來。但是，我們會覺得它們特

別引人注目，因為它們能為我們描繪出一個特定的人。從某種意義上說，這些矛盾性經常會成為創造出絕妙、獨特人物的基礎。

矛盾性並非無視連貫性，它們只是在補充。例如，我的一位宗教學教授在《新約聖經》方面有專門研究。他是個非常拘謹、害羞、謙遜的人，但是對自己的領域非常瞭解。他寫了很多書。儘管在班上他很謙虛，但他對自己的學說抱有強烈的信念。他知道自己相信什麼，他在任何宗教問題上都有旗幟鮮明的立場，並且要學生也知道。他可以成為前述連貫性人物的典型。

但是這個教授竟然做過牛仔，而且對套索頗為在行。大約三、四年的時間裡，常有人求他表演繩索把戲，其中總是會有將「自願犧牲者」的腿捆綁這項。除了牛仔，他在猶他州的鹽湖上開賽車的技術也相當有名。所有這些特性使這個教授成為一個絕妙人物。

小說家倫納德・圖爾尼把矛盾性看作創造絕妙人物的關鍵：「如果人物由各種元素混合而成，其中包含著彼此敵對的元素，他們就會更加有趣。要創造這些敵對元素，你得先建立其中一個，然後再問自己：『確定了這個元素以後，這個人身上有沒有什麼其他元素能創造出衝突？』一個喜歡待在家的居家型男人——這是能激起衝突的元素嗎？但是假如他週末和朋友們出去做些很耗體力的事呢？這就很出乎意料了。用這樣的特性，你就能走上創造有趣人物的道路。」

《迷霧森林十八年》編劇安娜・漢密頓・費倫在創作戴安・弗西這個人物時，描寫了一些她所發現的人物矛盾性。儘管這些在影片中都被剪掉了，但安娜認為它們都是戴安性格中特別妙的部分。「戴安菸癮很大，還喜歡吃巧克力。她有時一天能吃掉十五到二十塊 Hershey's 巧克力。在她遇害後，我還在猶豫是否接下這個劇本。當我在非洲最深處那間可怕的小鐵皮屋看到她的衣櫥時，我終於下定決心——裡面有件購自

邦威‧泰勒（Bonwit Teller）[8]的綠色緞面禮服。我的意思是，這真是矛盾——上帝啊，這個女人在幹什麼呀？在世界的這個角落裡生活，衣櫥裡居然還有綠色緞面禮服。」

在《亂世佳人》中，我們一開始把郝思嘉（Scarlett）看作一個浪蕩女子。我們會期待她勾引和玩弄男人——這對她的性格來說是合情合理的。但是我們也會驚訝於她在學校最喜歡的科目是數學，驚訝於她身處危機時的清醒頭腦，驚訝於她的堅強、果決和潑辣。

《笨賊一籮筐》（A Fish Called Wanda）中，奧托（Otto）被設定成又蠢又神經質的人物，但他同時又讀尼采（Nietzsche）的著作，做冥想。在《收播新聞》中，精明幹練的珍每天早晨要花五分鐘哭泣。所有這些矛盾性都使人物完滿起來。

練習：思考一下你自己的連貫性和矛盾性。你的朋友有什麼連貫性和矛盾性？你最喜歡的親戚和最討厭的親戚各有什麼連貫性和矛盾性？

2.7 注入生命：添加價值觀、態度和情感

如果你創造的人物只有連貫性，那麼他們仍然會是立體的。如果你添加了一些矛盾性，那麼你的人物就會獨特得多。如果你想進一步深化人物，那麼還有其他一些你可以添加的特質——你可以在價值觀、態度和情感上拓展他們。

情感深化了人物的人性。在《上班女郎》中，我們會對受壓迫的女

8　譯註：邦威‧泰勒，專賣女性服飾、化妝品和家居用品的商店，現已倒閉。

祕書泰絲・麥吉兒（Tess Mcgill）產生移情。當她發現上司對她撒謊時，你可以感到她遭到背叛的心情，感到她的灰心、悲傷和絕望。在那個短暫的情感瞬間，我們所有觀眾都和泰絲心意相通，並更能理解是什麼東西觸動了她。

在許多好故事裡，我們都會對人物產生移情。我們能感到洛基（Rocky）[9]的沮喪。在《火戰車》（Chariot of Fire）中，當班（Ben）贏得賽跑時，我們和他一樣喜悅。我們能體會《凡夫俗子》中尚恩（Shane）的渴望和康拉德（Conrad）的消沉、《當哈利碰上莎莉》（When Harry Met Sally）中莎莉初識哈利時的厭惡、《危險關係》（Dangerous Liaisons）中瓦爾蒙（Valmont）的自我厭惡。

可表演的、可理解的情感，能以許多不同的方式來定義。我曾經聽到一些心理學家幽默地把所有情感歸納為憤怒、悲傷、高興和害怕四種類別。這是一份不錯的初步列表，每個類別都意味著其他情感。

　　生氣意味著憤怒、怒火中燒、怨恨、沮喪、急躁、失去控制。
　　悲傷意味著消沉、絕望、灰心、憂鬱和自我毀滅。
　　高興意味著喜悅、幸福和狂喜。
　　害怕意味著恐懼、恐怖、驚駭和焦慮。

小說《凡夫俗子》在描寫康拉德的消沉時添加了一些情感層次：

要讓自己有理由早上起床，就必須找個指導原則才行。比如一種信念，一種你願意使用的識別標籤……他仰面躺在床上，凝視著房間

9　編註：電影《洛基》（Rocky）主角。

的牆面，思忖著他收集的那些宣言，它們現在已經不見了……現在牆壁是光禿禿的。牆壁剛剛粉刷過了。那是種暗淡的藍色，一種焦慮的顏色。焦慮是藍色的，失敗是灰色的。他認得那些印子。他告訴克勞福德（Crawford）說，它們還會回來坐在他的床腳，麻痺他，羞辱他……[10]

在我的諮詢中，一旦我發現人物缺少情感層次，我經常會建議作者重讀劇本，並自問每個場景裡每個人物的感覺是什麼。儘管未必所有答案都會放進劇本，但對這些情感的理解可以製造出更豐富的人物和更深刻的場景。

態度涵蓋了人物的看法、觀點、及其在特定情境下採取的特定傾向。它們可以深化和定義人物，顯示一個人物如何看待生活。

而小說由於形式上的主觀性，更能涵蓋人物的態度。作家們可以通過人物的眼睛看待他／她的世界。

在小說《證人》（Witness）中，我們可以看到瑞秋對她丈夫雅各（Jacob）葬禮的態度：

瑞秋·拉普坐在一把直背椅子上，面對著棺材，背對著牧師。她仔細地聽著，試圖從牧師的話裡得到一些安慰。阿米許葬禮本應為某種慶典——基督再一次勝利了。但是，瑞秋卻覺得她很難打起這樣的精神來。儘管逝者已經度過了漫長而幸福的一生——這在阿米許人中很平常——可瑞秋還是覺得死亡是件淒涼的事，無論牧師怎麼

---

10 原書註：Judith Guest, *Ordinary People* (New York: Penguin, 1976), p. 1.

糾正她的看法。[11]

　　葬禮上的一切都是從瑞秋的觀點看到的，這使讀者瞭解到瑞秋對死亡的看法。這一小段暗示出瑞秋具有一種叛逆的精神——她不像其他阿米許人那樣地看待死亡。這一態度將會使她做出非阿米許式的決定，例如到巴爾的摩看望姊姊，推遲改嫁，甚至是和約翰在穀倉裡跳舞。

　　人物對他人、對自己、對情境、對特別的話題都有其態度。在電視劇《風雲女郎》（*Murphy Brown*）的〈媽媽說〉（Mama Said）那一集（戴安・英格利希〔Diane English〕編劇）中，墨菲（Murphy）的母親進城了，每個人對她的態度各不相同。

　　當墨菲向同事介紹她的母親時，同事們向墨菲展現出驚訝的態度。

法蘭克（Frank）

妳母親？哇，墨菲，妳還有母親呀？

墨菲的母親艾弗莉（Avery）也把她對前夫的態度傳達出來。

吉姆（Jim Dial）

告訴我，布朗太太，布朗先生也來了嗎？

---

11 原書註：William Kelley, *Witness* (New York: Pocket Books, 1985), p. 8.

> **艾弗莉**
>
> 沒有。布朗先生在芝加哥，和一個年齡只有他一半的女人住在一起。我們離婚已經十五年了。我得到了房子，也得到了很多錢。而他只得到了他的內衣和馬路上的瀝青。

而墨菲則傳達出她對母親來訪的態度。

> **墨菲**
>
> 如果我們都列出自己最喜歡的事，「互相拜訪」後緊接著就是「吃豬頭肉凍」。

科奇（Corky）的態度則傳達出她認為母女之間應當具有的關係。

> **科奇**
>
> 告訴我，妳們母女倆第一晚打算怎麼過？
>
> **艾弗莉**
>
> 我想墨菲會願意和我一起吃晚飯的⋯⋯然後我就回旅館。
>
> **科奇**
>
> 旅館？⋯⋯墨菲！妳怎麼能讓妳母親住旅館呢？

酒保菲爾（Phil）對艾弗莉有他自己態度。

菲爾

真是個漂亮的女人⋯⋯生的孩子也不賴。

艾弗莉則對女兒和她自己也懷抱態度。

艾弗莉

妳是我最大的成就。可不知怎麼我失去了妳，永遠失去了
妳。我知道，如果妳聽到母親認錯，妳一定會很吃驚的。

　　戴安・英格利希認為，態度是笑料乃至戲劇情境的關鍵。「我們經
常會問『人物會把何種態度帶入情境？』如果態度不清晰，劇本就會平
淡而乏味。最有趣的地方就在於態度出自情境，得到增強，並使事態複
雜化。

　　「我們寫過一個有邁爾斯（Miles）和墨菲的場景。他試圖說服她找
律師諮詢而不要自己解決問題。我們剛開始寫時，覺得寫得很無聊。邁
爾斯根本就沒有態度。他只是個資訊傳遞者，一點趣味也沒有。我們找
不到他在這一情境下的態度，於是讓他在進入這一場景時恰好剛理了
髮。他試圖說服她去見律師，而她卻一直盯著他的頭髮。他對說服她很
有信心，但是他也知道自己的髮型很難看，於是他只能假裝它不難看。
這樣他便有了態度，我們就有了笑料。我們從人物身上得到了一些東
西，從而避免讓他只是進來提供訊息。」

練習：想想你剛看完的影片或剛讀完的書中有什麼態度和觀點？你是否清楚理解人物對於影片的概念、哲學和情境所抱持的觀點？再想想其他影片。你是否理解《遠離非洲》中凱倫・白列森對非洲人的感受？你是否理解詹姆士・龐德的正義感？你是否清楚哈利和莎莉對愛情和友情的觀點？你是否知道白瑞德（Rhett Butler）[12]對內戰的想法？

就算故事並未直截了當地告訴你人物的態度，它也會暗示你——因而讓你對人物的觀點感同身受。

通過人物表達價值觀對創作者而言是表達自己信念的好機會。有時人物的價值觀——以及關心的事物、哲學、信仰體系——是創作者的平時觀察到覺得適用於人物的價值觀，而這些價值觀就不一定傳達出創作者自己的觀點。

下面是電影《證人》中的一個場景，注意瑞秋的個人觀點（這裡是關於把槍帶進房子）和阿米許人對暴力的觀點。

瑞秋進來，看到約翰・布克正在向山繆展示他的槍。

瑞秋

約翰・布克，只要你還想住在這間房子，你就得尊重我們的規矩。

12《亂世佳人》男主角，一名靠戰爭財致富的商人，由克拉克・蓋博（Clark Gable）飾演。

約翰

給妳。把它放在他找不到的地方。

接下來的場景是山繆和伊萊之間的。在這裡，伊萊表達出他對社會的觀點。

伊萊

槍——手裡拿槍就是要奪人性命，你要殺人嗎？

山繆盯著槍，不敢直視爺爺眼睛。伊萊向前探身，鄭重地伸出手。

伊萊

手裡拿什麼，心裡就會想什麼。

停頓了一下，但山繆鼓起勇氣抗辯。

山繆

我只殺壞人。

伊萊

只殺壞人，我明白了。那麼你能分辨壞人嗎？你能夠看透
他們的心，看到他們的惡劣嗎？

山繆

我看到他們幹了什麼，我看到了。

伊萊

既然你看到了，那你就要成為他們的一員嗎？你殺了一
個，還要殺第二個，第三個？

他突然停了下來，低頭片刻。接著他以嚴厲的目光盯著那孩子，
堅定地把手放在桌上，以充沛的激情說道：

伊萊

（接續道）

「主說，你們務要從他們中間出來，與他們分別。」
（指著手槍，繼續頌念《聖經》〈哥林多後書〉16：7）
「不要沾不潔淨的物！」

很多影片都認同並訴說著，某種價值觀是值得為之鬥爭並捐軀的。
《絲克伍事件》（*Silkwood*）、《大特寫》（*The China Syndrome*）以及「印第

安納‧瓊斯」系列電影，都圍繞在一位被某種價值觀驅動的人物。

很多影片都講述人物處於危機中，必須做出道德上的抉擇，必須在價值觀和生存之間做出選擇。

《早餐俱樂部》(*The Breakfast Club*)展示四個人如何處理身分問題。《狼女傳奇》(*The Journey of Natty Gann*)講述一個女孩在遇到危機後的尋父過程。而在《惡意的缺席》(*The Absence of Malice*)和《控訴》(*The Accused*)中，我們都看到人物在影片的進展中學會了誠實。

在《春風化雨》(*Dead Poet Society*)中，我們知道了一種及時行樂的價值觀──「活在當下」──並懂得吮吸生命的甘露。

除了這類人生課題，亦有其他驅動力掌控了人物，比如尋求寬恕、期盼和解、渴望愛或回家等等，這在影片《原野奇俠》(*Shane*)、《笨賊一籮筐》和《E.T. 外星人》(*E.T. the Extra-Terrestrial*)等影片中屢見不鮮。

把價值觀和特定人物相結合並不意味著你的人物需要討論他們的信念。相反，你要通過人物行為，通過衝突，通過人物態度來傳達價值觀。

2.8 細部描繪：為人物增添「缺點」

如果你在人物中灌注了情感生活，灌注了特定的態度和價值觀，那麼他們就會是多面的。但另外還須一步，才能使人物成為原創且獨一無二的，也就是添加細節。

行為──人們做事的方式──標示出兩位在外貌或觀點上相似的人物間的差異。千人有千面，正是小細節使他們獨特和非凡。

如果要我列舉朋友和熟人們的一些細節，那將會包括：

‧一個言必稱「你知道」和「沒問題」的人。

· 一個三十歲的女人，手提包裡總是裝著兩隻絨毛玩具，常把紙鶴
當禮物送給朋友。

· 一個三十五歲的男人，因具有反建制傾向而從來不肯穿西裝。

· 一個四十歲的男人，永遠拿爵士樂作背景音樂。

· 一個職業女性，以戴獨特的耳環聞名（只當著朋友的面戴）──
例如香蕉、火鶴、鳳頭鸚鵡和迴力標等形狀。

有些最難忘的人物正是因為他們的那些細節而被人牢記：墨菲·布
朗緊張時會掰斷 HB 鉛筆；印第安納·瓊斯害怕蛇，而且總戴著他最喜
歡的帽子；阿奇·邦克（Archie Bunker）[13]給他女婿起了個綽號叫「呆瓜」
（Meathead）。

細節可以是行動、行為、語法、儀態、衣著、笑聲、面對特定情境
時採取的特殊方式等。

細節時常來自人的缺點。

在《神話的力量》（The Power of Myth）中，喬瑟夫·坎伯（Joseph
Cambell）說：「作家必須實事求是。這是道鬼門關，只有描寫了人物的
缺點，你才能真實地描寫人物。完美的人是無趣的……生活中的缺點常
常是很可愛的……完美是無聊、非人性的。人性，作為核心，它讓你成
為一個人而非神或超自然之物……這種缺點、這種努力、這種生活……
才是可愛的。」[14]

在很多備受好評的影片中我們都能看到人的缺點，例如《笨賊一籮
筐》中的肯（Ken）患有口吃；《性、謊言、錄影帶》（Sex, Lies, and the

---

13 譯註：電視劇《全家福》（All in the Family）中的人物。
14 原書註：Joseph Campbell, *The Power of Myth* (New York: Doubleday, 1988), pp. 4-5.

Videotape）中的主要人物腦裡裝的盡是垃圾；而在《當哈利碰上莎莉》（諾拉‧艾芙倫〔Nora Ephron〕編劇）中，哈利談到了莎莉個性裡獨一無二的細節。

內景　跨年派對　夜

哈利

我想了很多。結論是，我愛妳……我愛妳當外面氣溫二十多度時還會感冒。我愛妳訂份三明治要花上一個小時。我愛妳皺眉看著我，好像我是個白痴似的。我愛整天和妳在一起然後還能在衣服上聞到妳的香水味。我還愛妳是我每晚睡前最後一個想說話的人。不是因為我孤單，也不是因為今天是跨年。我來是因為，當你意識到你想和某個人共度餘生時，你就會希望這餘生能盡快開始。

練習：想想你的朋友和熟人。有什麼小細節使他們有別於旁人，使他們令人難忘？哪些細節招人喜歡？哪些招人厭煩？你能夠把它們結合到人物中去嗎？

2.9　編劇現場：《夜鷹熱線》
——電台DJ曾經是員警！矛盾人物如何創造？

《夜鷹熱線》（*Midnight Caller*）於 1988 年秋天首播。這部劇的主創

（creator）[15]理查・狄萊洛（Richard DiLello）談到創造傑克・基利安（Jack Killian）這個複雜人物時說道：

「我總是從人物名字開始。我會花幾天時間列一張人物名字的表。我想像傑克・基利安是個三十來歲的男人。然後，我需要在他的背景故事中寫出他一生的重大事件，好讓他從一個員警走上了一個讓他振奮的崗位——『夜鷹』（Nighthawk）[16]。我覺得殺死他的搭檔可能是最極端的事件了，觀眾可能不容易接受，但是我意識到必須有一個黑暗時刻，一個無法挽回的時刻。

「在試播集（pilot）[17]裡，有兩個簡潔的場景顯示他在陳年往事中迷失了自我，落到了人生的谷底，企圖自絕於世界。他把自己釘上了十字架，而戴文・金（Devon King）這個人物成為他的拯救者。她給予了他一個機會，使他從十字架上走了下來。

「在某些方面，傑克是個典型的員警。他是個藍領，沒受過正式教育。你得承認這一點，哈佛商學院的畢業生是不會當警官的。他喜歡體育和搖滾樂。

「他的選擇性閱讀使他與世界格格不入，而且很敏感。他讀當代小說。我總是把他想像成傑克・凱魯亞克（Jack Kerouac）和瑞蒙・卡佛（Raymond Carver）的書迷。基利安要形成自己的人生哲學。他不是個有自覺的知識分子，不過我們倒可以說他是個街頭知識分子。他意氣用事，行為魯莽，犯了不少錯。但他卻是個不一般的員警。大多數員警都憤世嫉俗——由於工作中的陰暗面，他們基本上都把人性拋棄了。而傑

---

15 譯註：大多數美國電視劇都有所謂的主創一職。主創兼具策畫、編劇和製片等身分。
16 編註：主角的這個外號，暗指他後來擔任深夜廣播主持人的工作。
17 譯註：美國電視界將電視劇的第一集試播集稱作「pilot」（有導引的含義），通常在其中交代人物、背景、事件等資訊並將其作為樣本送交電視台試播。

克卻總是保持著同情心，熱心於人們的問題。他自己問題成堆，束手無策，卻發現解決別人的問題容易得多。他不會安排自己的生活，也無法找到穩定的愛情，但是他卻能幫你找，還會告訴你怎麼做。

「我覺得他意識到，自己本來可以對人生有更多追求，但是缺少了融入社會的機會。他比大多數員警更有情感表現力——而不是隱忍克制——他不喜歡自己那樣。他寧願自己更冷漠一點，但卻容易動情。他對浮誇和偽善的人反感，對不公不義的事情反感。他為必須和官僚打交道感到沮喪。他喜歡簡單的東西，比如一頓美食、貓王唱片還有芝加哥小熊隊的比賽。

「他絕對是個孤獨者，但他寧願做個孤獨者。他的此生摯愛得了愛滋。他憎恨那個知道自己患病還傳染給他愛人的男人。他的情感生活仍在發展。

「基利安根據自己的道德準則工作。他有一套價值觀。他的人性是這部劇中最重要的東西。他的態度是很有人情味的，雖然有時會蒙上一副黑色幽默面具。在幫助觀眾理解劇中世界這方面，傑克絕對擔負了這項功能。每集最後，傑克會在廣播節目結束前做一番總結，告訴大家他在這一小時中的收穫。我其實想說的是，他實際上是個英雄——一種另類英雄。他的總結顯示出他既是一個思想者，又是一個行動者。」

實作練習課

鑒於大多數人物創造都是來自觀察，那麼編劇、作家就必須持之以恆地堅持自己的「訓練」狀態。作為練習，你可以研究一位在機場、雜貨店或工作場所裡遇到的人。問自己以下問題：

· 如果要粗略但有力地刻畫這個人物，需要做什麼描寫？

· 考慮到他／她的背景，我可以如何預想此人的真實特質？你能否想像到一些能使其成為有趣人物的矛盾性？

然後，當你在你的故事中面對主要人物時，問你自己：

· 我的人物成立嗎？我是否呈現出足夠多的人物特質？

· 什麼能使我的人物有趣？引人注目？令人著迷？獨一無二？不可預知？我的人物曾否做出過出人意料的事？這些矛盾性是否和我創造出來的連貫性相衝突，還是拓展了我的人物？

· 我的人物關心什麼？人物的價值觀是可以理解的嗎？它們是通過行動和態度傳達出來的，還是通過冗長的獨白傳達出來的？

· 我的人物具有清晰的感受嗎？是否每一個人物都有多種不同的情感，而非重複其他人物的類似情感？

· 我是否運用了人物的態度來幫助定義人物？創造人物的過程是隨時都在進行的。即使沒在寫作，編劇、作家們也在積累細節，向現實尋找靈感和想法。正如廣告導演喬·塞德邁爾（Joe sedelmaier）所言：「它總是從現實開始，即使我要複製，我也得複製現實。」

小結

巴利·莫羅認為創造人物類似於藝術家的工作：「它就像是為陶塊塑形、或像是切削木條，只有把冗筆去掉你才能得到好東西。」

為你的人物陶塊塑形，包含以下六步驟：

· 通過觀察和體驗，得到第一個想法。

· 對人物進行概略刻畫。

· 尋找人物的核心，以創造人物的連貫性。

· 尋找人物身上的矛盾之處，以創造人物的複雜性。

· 添加情感、態度和價值觀，以進一步充實人物。

· 添加細節使人物非凡而獨特。

03

人物的背景故事

當你在真實生活中初識某人時，是否常會對此人的背景感到好奇呢？你曾否問過下面這些問題：

· 他從哪裡來？他為什麼遷居到你所在的城市？
· 她為什麼決定接受這一特定工作？她過去曾做過什麼工作？
· 他們結婚多久了？他們在哪兒認識的？

我們總對過去感到好奇，因為每個決定背後都有有趣的故事。有人捲入陰謀（「她被迫離開這座城市」），有人捲入愛情（「他們留學法國時在艾菲爾鐵塔頂端邂逅」），還有人捲入腐敗（「這個政客用政府的錢為自己買豪宅」）。當前的情境只是過去決定和事件的結果。每個選擇都會決定未來的選擇。

每部小說和劇本都著眼於特定的故事，我們可以把這稱為幕前故事，它是作家想要講述的真正故事。但是，幕前故事中的每個人物之所以成其自身，之所以有此作為，都是由於他們的過去。這一過去可能包括創傷和危機、出現在他們生活中的重要人物、他們接收到的積極或消

極回饋、童年的夢想和目標，當然還有社會和文化影響。

　　背景故事提供了兩種不同資訊。其一是直接作用於故事建構的過去事件及其影響。例如在《女預言家》（*Sibyl*）、《三面夏娃》（*Three Faces of Eve*）、《哈姆雷特》（*Hamlet*）、《凡夫俗子》、《大國民》等影片和書籍中，正是關鍵性的背景事件創造了幕前故事。觀眾或讀者以及創作者都必須清楚這些背景事件，才能理解故事。

　　某些背景故事資訊就是人物傳記的一部分。這些資訊可能從不會傳達給觀眾，但作者需要知道，因為這些背景故事有助於創造人物。人物誕生在作者的頭腦之中，並被賦予一系列有關人物態度與經歷的特定組合。背景故事能夠幫助作者發現這些態度和經歷到底是什麼。要創造完整的人物，背景故事是不可或缺的。

3.1　背景故事——形塑人物的「動機」與「行動」

　　很多演員在飾演角色前都要在其背景故事上下相當多功夫。著名演員、劇場導演暨戲劇教師康斯坦丁・史坦尼斯拉夫斯基（Constantin Stanislavski）建議演員們為人物寫個具體傳記。拉約許・艾格里（Lajos Egri）在《編劇的藝術》（*The Art of Dramatic Writing*）中建議編劇們也這樣做。一篇人物傳記可以包括如下資訊：

生理：年齡、性別、儀態、外表、生理缺陷、遺傳特徵。

社會：階級、職業、教育、家庭生活、宗教信仰、政治黨派、愛好、消遣。

心理：性生活、道德準則、志向、挫折、脾氣、對生活的態度、情

結、能力、智商、個性（外向或內向）[1]。

　　而作家卡爾・索特則這樣建議：「把人物傳記寫滿三頁紙是件危險的事，但我還是要鼓勵創作者們去做。然後，我會告訴他們把人物傳記扔掉。你一定要把人物傳記扔掉，但心裡要清楚上面有些什麼。要讓其他元素發展起來，人物才會發展。人物有很多種方式能誕生在你面前。任何人都能寫出三頁紙的人物傳記。你會發現這有很多好處。通過這一練習，你會獲得以後能用到的一些元素。但你不能就此止步不前。」

　　法蘭克・皮爾森（Frank Pierson，《熱天午後》〔*Dog Day Afternoon*〕、《鐵窗喋血》〔*Cool Hand Luke*〕、《冷暖天涯》〔*In Country*〕編劇）補充道：「對於人物，你需要瞭解的東西，就是演員表演該場景時需要瞭解的東西。重要的是感官記憶。如果你要提問，不要問人物諸如『他們上什麼學校？在工廠工作過嗎？母親是個專橫的人嗎？』等問題。你要問人物的是『你最丟臉的經歷是什麼？你可曾感覺自己像個傻瓜？你最倒楣的事是什麼？你當眾嘔吐過嗎？』你需要表達出這些情感，因為這些才是將人物帶進場景裡並為他們的行為增色的東西。」[2]

　　背景故事因人物而異。但人物傳記能給你的資訊不一定總是有用。如果你在寫《哈姆雷特》，你沒必要連哈姆雷特童年時玩什麼遊戲，喜歡什麼人都知道。但是如果你在寫《屋頂上的提琴手》（*Fiddler on the Roof*），知道這些資訊就很有必要了。

　　對很多創作者而言，創造背景故事的過程是和創造人物、寫作故事

1　原書註：Lajos Egri, *The Art of Dramatic Writing* (New York: Simon & Schuster, 1960), pp. 36-37.

2　原書註：Frank Pierson, "Giving Your Script Rhythm and Tempo," *The Hollywood Scriptwriter,* September 1986, p. 4.

同時開始的。當他們寫作時，他們意識到自己對人物的必備特定資訊沒有把握；或者，他們發現人物對事件和對他人的反應是不可預知的；也可能，他們不知道人物在特定環境中會如何回應。而背景故事正是在不斷叩問人物「為什麼」與「什麼」中發現的。

· 凱倫·白列森為什麼要去非洲？在她的丹麥生活中，有什麼東西促使她動身？
· 《致命的引吸力》中，亞歷克絲為什麼會如此絕望，非要和丹結婚生子？是什麼在三十六歲這個年紀影響了她，讓她發了瘋？
· 《凡夫俗子》中，貝絲為什麼如此害怕感情？當她在孩子還小時，她是什麼樣的人？她何時開始失控？
· 墨菲·布朗的哪件往事使她開始酗酒？
· 布魯斯·韋恩（Bruce Wayne）為什麼會成為蝙蝠俠？

瞭解人物的背景故事和瞭解一位新朋友的過去很相似。來自過去的資訊深化了友誼。製片科爾曼·勒克這樣描述背景故事：「一開始，你看待人物時，他的人生故事是碎片化的——他的一生有待你的探索。就像回溯並發現你祖父的故事那樣，你可以坐在那裡聽著關於他的一切，並通過這些故事認識他……或者可以問關鍵問題，找到他的本性。」

尋找背景故事就是一個發現的過程。你可以從問人物問題開始。然後你回過頭去，搞清楚哪些過去發生的事會影響到當前的行動。

當威廉·凱利和厄爾·華萊士（Earl Wallace）寫作《證人》時，威廉對約翰·布克這個人物一輩子從未談過戀愛而感到奇怪，於是他問了厄爾。他們一起打造了一個答案。

「約翰·布克就像個謎，」威廉說，「他似乎沒有什麼浪漫的經歷。

所以我問厄爾：『他為什麼沒有呢？』厄爾答道：『哦，他沒有時間，他很忙。』我說：『得了吧，厄爾，我認識兩個洛杉磯最忙的員警，他們有的是時間戀愛，而且都結了婚。』於是他說：『哦，他不是個走常規路線的人。』這就幫助我定義了這個人物。劇本裡約翰·布克的人物塑造大多由厄爾完成，而當我寫小說時，我必須更仔細地定義他。逐漸地，我把他變成了一個死板的人，不會談戀愛。這種人總是問一些尖銳的問題，把女人都嚇跑了。你知道，瑞秋是他這輩子認識的第三個女人，三個女人裡還要算上他的妹妹。」

編劇詹姆斯·迪爾登這樣解釋亞歷克絲·佛瑞斯特的性格：「亞歷克絲曾和一個年長的已婚男子有過長期戀愛關係，在故事開始時的六個月前才結束。她本以為他會娶她，但他沒有。現在她振作起來了。在影片中原來有一個關於這段愛情、關於她的孤獨的場景，但我們把它拿掉了。」

背景故事資訊不必總是出現在故事中。在所有這些例子中，作者們是為了理解人物才需要背景故事資訊，但背景故事資訊沒必要被放進故事情節中。

編劇寇特·呂德克解釋道：「我認為我們在背景故事上從未做足準備。我從未聽說背景故事在寫作劇本之前就得到完全揭露。你覺得你已經完成了背景故事，可當你上路時，你還會遇到某個情境，並意識到自己並不知道這一態度從何而來。有時，場景顯得平淡，部分原因正是人物對何去何從太清楚了。有時我會問：『如果他沒有像大多數人那樣做呢？如果她並沒有說出你意料之中的話，而是相反呢？』通過舉一反三，場景經常會變得有趣。這需要對背景故事做更多探索。」

3.2　背景故事揭示人物心理

背景故事有助於我們理解人物行為。有時，過去的資訊還會有助於我們理解人物現在的心理。

在《致命的引吸力》中，丹和亞歷克絲在公園裡跑步時，丹倒下來裝死。他的行動使她的背景故事資訊顯現出來。

> **亞歷克絲**
>
> 這事你做得太惡劣了。
>
> **丹**
>
> 嘿，對不起還不行嗎？我只是在鬧著玩。
>
> **亞歷克絲**
>
> 我父親就死於心臟病。那時我才七歲，他就死在我面前。

知道這一資訊後，我們對亞歷克絲的行為就多了幾分理解。由於早年失去了生活中最重要的男性，她對男人極不信任，即使她同時也依賴他們。這種創傷——特別是父親死在她面前——造成了她的恐懼感和不安全感。儘管幾分鐘後亞歷克絲否認了父親的死，但是丹卻發現那是事實。童年時的重要事件為亞歷克絲的行為給出了答案。

在戲劇《危險關係》中，侯爵夫人默特伊（Merteuil）解釋了社會背景如何決定她的態度：

瓦爾蒙

我經常好奇妳是怎麼虛構妳自己的？

默特伊

我沒有選擇，我是個女人。女人總是被迫變得比男人更老練……你們可以僅憑想像就摧毀我們，而我們譴責你們卻只會增加你們的名望……我當然要虛構。我不只是在虛構自己，更是在擺脫自己——從未有人想到過，連我自己都沒有。我的腳步必須夠快才能即興演出。我成功了，因為我知道我生下來就是為了支配你們這種性別的人並為自己復仇。我一進入社會便知道自己被宣判的角色，也就是保持安靜，叫我做什麼就做什麼。這給了我大好的機會去聽、去留意。我不留意人們嘴上說的東西——那一點意思也沒有——而是留意他們企圖隱藏的東西。我學會了超然物外……我向最嚴格的道德家請教如何舉止，向哲學家請教如何思考，向小說家請教如何逃避懲罰。最終，我使自己的技藝臻於完美。[3]

　　在茱蒂絲・蓋斯特（Judith Guest）的小說《凡夫俗子》中，我們通過背景故事瞭解了貝絲的控制欲。這有助於解釋她為何無法應對大兒子

3　原書註：Christopher Hampton, *Les Liaisons Dangereuses* (London: Faber and Faber, 1985), pp. 31-32.

死去的悲劇。

這一資訊是從喀爾文（Calvin）的視角中得到的：

他（喀爾文）記得，在他們的生活中，有段時間，貝絲顯然感到自己被束縛了。當喬丹（Jordan）兩歲時，康尼（Connie）才十個月大，他跟在哥哥身後蹣跚學步，兩個人把北邊的那間小公寓搞得天翻地覆。「開頭這五年一晃就會過去。」她（貝絲）曾在派對上快活地說。他記得那句話，但他也記得這樣的情景——她一面擦著牆上的手指印，一面因發怒而繃緊了身體；她會因為玩具放錯了地方或者因為一勺食物掉在地上而號啕大哭。曾經有一次，他衝著她大叫，讓她暫時忘掉那該死的清潔時間表。而她勃然大怒，責罵他，並在床上歇斯底里地亂跳。沒有什麼是完美的，不要介意那發生在她身上、發生在他們所有人身上的難以置信的磨難。即使凡事都不順心，也不要介意。[4]

背景故事資訊可以告訴我們為什麼一個人物害怕愛情（也許因為過去受過傷害），或者為什麼他／她會變得憤世嫉俗（也許因為愛人的離世）。它使我們得以洞察人物的行為、反應與動機。它顯示出過去的某種影響如何造就了現在的特定人物。

3.3 劇本中該「放入」多少背景故事？

很多作者犯了納入過多背景故事資訊的錯誤。通過使用閃回、畫外

---

4 原書註：Judith Guest, *Ordinary People* (New York: Penguin, 1976), p.83.

音和夢境，他們使劇本負載了過多關於過去的資訊，而沒有著眼於現在。

現在、此時此刻的人事物，才具有戲劇性。過去的人事物不會有戲劇性，即使它對現在的行為發生衝擊。

卡爾・索特說：「我們要看的是人物此刻的反應。作為一個編劇，你知道他這麼做是由於過去的事件，這很好，但你不需要把這解釋給觀眾看。」

把人物的一切往事都告訴觀眾會妨礙真正重要的東西——揭示人物現在的故事。背景故事不能講得太多。如果人物必須坐下來談論往事，他們就會變得枯燥乏味、沒有生氣。用冗長的獨白、閃回和台詞來闡釋過多的背景故事資訊是致命的，它會扯故事的後腿，而非向未來推進故事。

還記得冰山的比喻嗎？背景故事有百分之九十不用放在劇本裡，但作者要了然於心。觀眾只需知道那些能夠幫助他們理解人物行為驅動力的資訊就夠了。觀眾憑直覺就能從人物現在的行為瞭解他們的過去。背景故事越豐富，人物就越豐富。

通常，利用隻字片語，每次都透露一點背景故事，效果是最好的。如前例所示，摻入背景故事時必須用得微妙、簡明、小心，這樣才能闡釋並加強幕前故事。

3.4　小說中的背景故事——話說從頭或單刀直入？

背景故事在小說中也起到相似的作用，儘管它們被納入作品的方式有所差異。作為本書研究的一部分，我和四位住在聖塔芭芭拉的小說家共進了午餐，和他們討論背景故事在小說中的作用方式。鑒於他們都是寫作教師，他們能夠給寫作新手和有經驗的作家都提出特別的建議。

小說家倫納德・圖爾尼說：「十九世紀的小說幾乎總是先說背景故事——從人物的童年開始。它們隨時隨地在探索人物，這就是小說如此之長的緣故。現代小說極少這樣做，它們都是『預支式』的，就像電影一樣：片頭字幕一結束故事就開始了。現代小說是電影化的。」

　　丹尼斯・林德斯（Dennis Lynds，《閹人》〔*Castrato*〕、《女孩為何側騎馬鞍》〔*Why Girls Ride Sidesaddle*〕作者，筆名麥可・科林斯〔Michael Collins〕）說：「重要的是你正在講的故事。背景故事必須符應故事。當我在進行故事時，我會知道過去發生了什麼，而假如現在發生了某件事，我就會說：『不，我得更改過去。』

　　「有時我們在談到背景故事時，就好像它真的存在似的。但其實它也是編出來的——它發自我們的想像。作為作家，我們只是把事情寫到紙上並操縱它。就像玩黏土一樣——也就是人物的層次和質地。它是我們編造出來的，沒有戲劇性，直到你需要它時才出現。它只在特定的時刻重要，之前並不重要。」

　　謝利・洛文科普夫（Shelly Lowenkopf，神祕懸疑小說《希望之城》〔*City of Hope*〕、《獅子之愛》〔*Love of the Lion*〕作者）說：「當你弄清楚人物是誰、他們需要什麼後，你必須決定他們彼此之間的關係——你可以從寫背景故事開始。背景故事必須在背地裡編制。當我寫背景故事時，我就把所有人物的背景都填滿了。背景故事資訊並不重要——直到你需要它時。理解早先發生的事情很關鍵，過去的東西解釋了現在的動機。但你用不著寫一部編年史。」

　　小說家蓋爾・史東說：「當你剛開始寫作時，你可能會非常困惑，這是因為你還有很多東西沒意識到。你時常會感到失控，感到痛苦。那麼作為一名新手，你需要盡可能多瞭解背景故事。這些知識就像安全毯

（security blanket）[5]一樣。當你成為一個有經驗的作家後，你就不必知道那麼多了。作為一個成熟的作家，你必須知道從什麼開始，只有把人物扔進一個情境中，你才能發現他／她是誰。我不想一開始就對人物瞭若指掌，因為我需要火花，需要在寫作過程中那些令人驚喜的元素。」

3.5 電視劇中的背景故事──人物的發展潛力

某些電視劇如《親愛的約翰》（*Dear John*）、《吉利根島》（*Gilligan's Island*）、《亡命天涯》（*The Fugitive*）、《比佛利山人》（*The Beverly Hillbillies*）都以簡短的背景故事作為片頭字幕的襯底畫面。而另外一些電視劇則向背景故事尋找故事概念和人物發展。在某幾集裡，某個來自過去的人物會成為故事的焦點。正像在劇情片中，有時人物會做出特別反應，作為某種過去經歷的結果。背景故事資訊越多，創造複雜人物的潛力就越大，這樣電視劇就能一週又一週地吸引觀眾。

科爾曼·勒克談到《私家偵探》中的複雜人物羅伯特·麥考爾時說：「當為一部電視劇創造人物時，你需要創造具有內在潛力的──如此就可以持續找到新鮮的東西。羅伯特·麥考爾曾經在中央情報局工作，是世界上最頂尖的特工。後來他離開了。而現在，他已經對那些東西煩透了，甚至是感到憤怒了。這些事實就創造了一系列的『為什麼』。這些『為什麼』就是你要弄清楚的，就是你解答整部劇的路線圖。」

通過探究麥考爾的過去，這些『為什麼』在劇中得到了進一步的探索。康德羅（Control）──麥考爾的剋星，為探索這一人物的複雜性提供了機會。

5　編註：指兒童依戀並從中獲得安全感的物體，通常為毯子。

「麥考爾和康德羅之間有一種多面關係。如果你有一個像麥考爾這樣深刻而複雜的人物，那麼引入另一個人物以展現他的過去經歷就會是件妙事。他們相識很多年了，因此你可以加進憤怒和關懷等感情，以製造衝突和關係。」

在《雙面嬌娃》中，作者們在大衛（David）的背景中加入了一塊未曾被發現的領域，進一步拓展了他的性格。卡爾‧索特解釋道：「其中一個原因是我們發現大衛曾經結過婚。這一發現很有意義，我們因而打造了相當特殊的一集。大多數背景故事正是在我們的努力下才揭開的。

「這一資訊帶來了一個有趣故事。我們為他有個前妻而感到吃驚。在討論中，我們發現那次離異讓大衛很痛苦，而他面對此事的方式就是假裝她不存在。大衛突然有了前妻，這既是個很棒的故事，也恰好解釋了我們為什麼從來沒聽說過她。」

3.6 背景故事的運用時機

儘管你不需要完全知曉人物的過去，但在某些特定情況下，你有必要注入一些背景故事資訊。

如果一個人物現在要經歷重大改變，那麼寫作者往往需要一些背景故事資訊，以說明解釋這些行動和決定。

在很多查理士‧布朗遜（Charles Bronson）[6]主演的影片中，背景故事解釋了他為什麼要尋求復仇。通常，這是因為過去曾經發生過一些惡劣罪行，而他當時無力去解決或施以懲罰。而在很多席維斯‧史特龍

6　譯註：查理士‧布朗遜（1921–2003），美國動作明星，曾主演《狂沙十萬里》（*Once upon a Time in the West*）、《第三集中營》（*The Great Escape*）等影片。

（Sylvester Stallone）或查克·羅禮士（Chuck Norris）[7]的影片中，背景故事解釋了他們為什麼要冒死執行一項特殊任務。而在《小子難纏》（*The Karate Kid*）或《墨菲羅曼史》（*Murphy's Romance*）中，我們通過背景故事資訊得知人物為什麼決定要離開某地。在《私家偵探》的試播集中，背景故事解釋了羅伯特·麥考爾為什麼要改行。

人生中的轉變不是無端發生的，而是被過去的特定情況所驅使的。如果一個人物做出了非比尋常、難以置信，或者看似脫離本性的事，那麼就需要背景故事解釋這一行為。

如果在你的故事裡，一個普通的家庭主婦突然毫無來由地決定花上幾個月的時間破解一樁罪行，那麼背景故事裡最好要有資訊，不僅能解釋她為什麼這樣做，而且能解釋她為什麼覺得自己能破解員警都解決不了的罪行。

當然，你可以在幕前故事中展現這一罪行，展現她的丈夫和孩子因此受害，以建立起她捲入其中的個人理由。但是，你也可以在背景故事中把她設定為一個法律系學生，對法律的運作有著很充分的研究和學識；或者她一直是位偵探小說愛好者，或者她是位國際特赦組織成員，有強烈的正義感；或者她的父親就是個員警；或者她的母親也是一樁懸案的受害者。

所有這些背景故事資訊都有助於解釋人物的異常行為。一個偵探去查案不需要多少背景故事資訊，而一個家庭主婦就需要很多可信的動機資訊，才能解釋為何她採取如此的行動。

7　譯註：查克·羅禮士（1940–），美國動作明星，曾參演《猛龍過江》、《浴血任務 2》（*The Expendables 2*）、《北越歸來》（*Missing in Action*）等影片。

練習：設想你要創造一個人物，在故事一開始，主角就決定去印度尋找珍稀的印度教藝術品。在背景故事和人物傳記中，哪些資訊是你需要知道的？哪些資訊是觀眾需要知道的？關於動機，哪些是你需要知道的？人物是出於職業需要還是業餘興趣？人物有沒有專門的技術和才能？人物有沒有特定的情境，例如危機、競賽或任務？人物為什麼要在現在動身？如果故事發生在 1920 年代或 1820 年代，背景故事資訊又會有哪些不同？

3.7 編劇現場：《風雲女郎》
──被過去拯救或出賣？背景故事的影響力！

《風雲女郎》於 1988 年 11 月 14 日開播。在試播集裡，我們聽到墨菲‧布朗開口說的第一番話全是關於背景故事的。我們瞭解到墨菲正從貝蒂‧福特中心（Betty Ford Center）[8]的「戒酒期」（drying out period）中恢復過來。在最近的訪問中，編劇戴安‧英格利希解釋了創作該背景故事的意圖：

「墨菲在貝蒂‧福特中心待過，她有易於沉溺的性格，這解釋了關於她的很多東西。這意味著她可能有強迫症傾向，甚至有時會任性。我們在她從貝蒂‧福特中心回來的當天見到了她，將她視為一個被測試的探訪者，無依無靠。這就是試播集的目的──測試人物，同時人物也在試圖重新定義她自身。」

關於墨菲的第一個資訊就與背景故事有關。它建立起了情境。而且背景故事也可以用來拓展她的性格。

8　譯註：貝蒂‧福特中心，一家戒毒和戒酒機構。

「在第一集裡，我們發現她的事業曾經非常、非常成功。在她進場前，我想弄個小小的背景故事，這個故事不是由她自己講出來，而是通過其他人物對她的議論展現出來。她曾經是華倫‧比提（Warren Beatty）[9]的支持者。她曾經喝酒抽菸，但現在都戒掉了。我想描繪一個大家都認識的人物，她從來聽不進別人的話，而且讓很多人感覺芒刺在背。但是他們卻很喜歡她。這就告訴你，她是一個我們應該去喜歡、去支持的人物。

「在試播集裡，我們發現她是個獨生女，不知道如何去分享。她只會顧自己。我們很想知道她的出身，所以感到需要給她找個長輩。通過介紹她的母親，我們對墨菲有了更多的瞭解，知道了她的個性從何而來。墨菲的母親是個比她更加不走尋常路線的人物。當她和母親在一起時，她總感到自己很渺小，很不夠格。最重要的是，她長大後再也沒對母親說過『我愛你』。這就是故事的核心。

「在其中一集，我們還讓她的前夫回來了。雖然他們的婚姻僅僅維持了五天，但這有助於揭示更多墨菲在 1960 年代的生活。就是在那時，她和這個男人相遇了。兩人都很極端、很衝動，結婚五天就離婚了。在她的生活裡從來沒有過這樣的人，這就是她為二十年後的重逢感到極度緊張和興奮的原因。對她來說，問題全來了：我還有魅力嗎？他還有魅力嗎？他會怎麼看待我現在的生活？我完蛋了嗎？」

劇中有一個展現墨菲如何得到工作的閃回段落：「這一集把人物帶回 1977 年，她和法蘭克去參加《FYI》[10]的面試。在這一集裡，你可以看

---

9 譯註：華倫‧比提（1937–），美國演員、導演，曾經主演《我倆沒有明天》（*Bonnie and Clyde*）、《豪情四海》（*Bugsy*），主演並導演《烽火赤焰萬里情》（*Reds*）等影片。

10 譯註：劇中虛構的一家新聞雜誌。

到她那些尖銳的側寫——她抽菸喝酒，留著捲髮，戴著安妮・霍爾式的帽子，穿著球鞋，否認自己其實很想要這份工作，拒絕俯首稱臣地做事。」

背景故事不只在主要人物上發揮作用。在《風雲女郎》中，背景故事也被用於拓展其他人物：「我覺得，我們想要多瞭解吉姆・戴爾一點——他的婚姻狀況怎樣？有沒有孩子？在辦公室之外的個人生活如何？他沒有頭髮時是什麼樣？科奇也是如此。她來自南方——我們想瞭解這個。我們還想瞭解邁爾斯的背景故事。他如何在二十五歲就得到了這份工作？他來自什麼家庭？家裡人為他感到自豪嗎？他有沒有兄弟姊妹？我們正考慮在某一集中引入這個人物——他比邁爾斯大一歲，並開始和墨菲約會。

「我們也想見見墨菲的父親。他和墨菲的母親離婚後娶了一個年輕得多的女人。他們現在已經有了個八個月大的嬰兒。我們期待展示他們的互訪。墨菲曾是獨生女，這就產生了趣味——現在她有個弟弟了，而他父親的第二任妻子可能剛好與她同齡。

「我覺得你可以把人物放進情境中，迫使他們開啟一段新生活，從而定義他們。你不能把人物放在台上讓她講述自己的故事，那樣只是超然地定義人物而已。更為成功的人物發展方式是創造情境，讓他們產生反應。通過反應，你就能瞭解他們。」

在《風雲女郎》這個案例中，背景故事定義了主要人物，拓展了他們的故事，也創造出有力的人物關係。

實作練習課

當你為人物發展背景故事時，問自己以下問題：

‧ 我的背景故事寫作是不是一個發現的過程？我是否仔細地揭開背景故事，而非把和故事不相關的事實和歷史強加給人物？

‧ 當我把背景故事資訊加入故事時，是否特別小心地只把絕對必要和相關的資訊講述出來？我是否鋪陳了這一資訊，使其貫穿整個故事，而非局限於一兩次冗長的台詞中？

‧ 我是否盡可能簡短地講述背景故事資訊？我是否用隻言片語的資訊揭示出很多東西，諸如動機、態度、情感和決定？

小結

尋找背景故事是一個發現的過程。作家需要不斷地來回考慮——問有關人物過去的問題，以深化對現在的理解。這一過程貫穿於故事的寫作中。背景故事能持續豐富、拓展和深化人物。這往往是創造可信人物的關鍵。

04
深入人物內心

　　你沒必要成為心理學家來理解人物的驅動力和動機。作為一名小說家，茱蒂絲‧蓋斯特以她在心理學方面的見識聞名。但她也沒有什麼心理學背景：「我沒受過什麼正規的心理學訓練。我在大學裡上過一門課程——偏差個體心理學（psychology of the deviant individual）。結果就是我開始對人類行為感到痴迷。我想要搞明白，為什麼人們會做出那些事，是什麼驅動著他們的行為。」

　　正如構建人物包括創造人物的外在體態和行為一樣，它也包括對人物內心活動即心理的理解。

　　一名創作者需要理解是什麼令人物運作，理解為什麼他們要這麼做，為什麼他們需要這個。「寫作有一半是心理學，」編劇巴利‧莫羅說，「其中存在一個始終如一的核心，或說行為舉止始終協調如一。人們不會隨便給個理由就行動。要保持人類行為的一致，你就必須知道在大多數情況下人們會怎麼做。人們也不會沒有理由就行動。每個行動都有其動機和意圖。」

　　我們經常會思考人物的心理，我們會思考那些異常的個性，例如在《女預言家》、《三面夏娃》、《大衛與麗莎》（*David and Lisa*）、《未曾許諾

的玫瑰園》（*I Never Promised You a Rose Garden*）、《雨人》中。無論你創造什麼人物，潛在的動機和無意識的影響都是很重要的。

為了理解如何構建人物心理，我們不妨仔細觀察《雨人》中的兩個人物——查理・巴比特（Charlie Babbitt）和雷蒙・巴比特（Raymond Babbitt）。儘管我們尤需對雷蒙的心理進行特別研究，理解查理的心理也是很重要的——它驅動著故事。在這一章裡，我們將聽到參與該片的編劇們來親自解釋。他們是故事的原創人巴利・莫羅和編寫劇本的羅那・貝斯。

「當史蒂芬・史匹柏（Steven Spielberg）接手該片時（在導演巴瑞・李文森〔Barry Levinson〕之前，史匹柏是導演候選人之一），我們討論道，查理的個性可類比於自閉症患者，」羅那・貝斯說，「我們把這部影片看成是兩個自閉症兄弟間的故事。其中一個患有臨床意義上的自閉症，而另一個雖是個所謂的正常人，卻具有自閉症的一切特徵。《雨人》是個具有普遍意義的故事，講的是人類的溝通多麼難，又多麼有必要。我們告訴自己：『我們沒有溝通也能活，沒有溝通會更好，躲在防衛心之後會更安全妥帖。』但我們錯了。」

要理解查理和雷蒙的心理，我們最好觀察這四個能夠定義內在性格的心理學關鍵領域，它們是：內在背景故事（inner backstory）、無意識（unconscious）、性格類型（character types）和異常心理學（abnormal psychology）。這對創造任何人物都是極端重要的。

本章中的大多數素材可能都是你所熟悉的——無論你是憑直覺還是學過心理學。理解這些分類是很重要的，但同樣重要的是：記住，人物不僅僅只有心理。他們的構建並非基於臨床觀察而是基於想像。熟悉這些領域可以幫助你照亮人物，解決人物問題，增加人物面向並得出答案。我的人物會那麼做，那麼說，那麼反應嗎？

4.1　為人物寫「內在背景故事」

在第三章中，我們觀察了外在環境對人物的影響，包括往事。人們內化這些事件的方式也同等重要。這種內化的方式——有時是壓抑，有時是重新定義，都是基於這些事件對生活消極或積極的影響。通常，定義人物心理特徵的不是某一特定環境，而是他／她對這一環境的反應。

當佛洛伊德（Sigmund Freud）形成他的心理學理論時，他發現往事對我們現在的生活有巨大的影響。它們塑造了我們的行動、態度甚至是恐懼。佛洛伊德把傷痛的往事看成現在的情結和病症的成因，他相信大多數異常行為都是來自我們在這些事件中所經受的壓抑。

心理學家榮格（Carl Jung）意識到，過去的影響也可能成為積極的健康之源，而非精神疾病的種子。有時，當我們重新發現童年的價值時，我們便重獲了精神的健康。

很多創作者都明白童年的影響有助於構建人物。編劇科爾曼・勒克說：「當我傳授編劇技巧時，心理學中只有一個領域對我是極端重要的，那就是理解『曾經的孩子』。假設心理學中有什麼更為重要的東西能運用到寫作中，那就是要理解即使是成熟的成人，內心依然有一個『曾經的孩子』存在。如果你理解了『曾經的孩子』，你就能創造出足以影響人物的童年關鍵事件。」

在對童年的研究中，心理分析學家艾瑞克・艾瑞克森（Erik Erikson）發現了一些人們在特定年齡必須面對的關鍵問題，它們關乎健康、完整和協調人格的形成。只要這些問題未被解決，它們就會竭力控制一個人的發展——這往往是負面的。

兒童面對的首要問題之一就是信任。嬰兒需要對世界的安全感，安全感始於對父母的信任。如果缺乏這種信任，孩子終生都會不信任他人。

在《雨人》中，我們看到查理的往事中既有積極也有消極的。羅那·貝斯說這些早期的影響改變了查理信任他人的能力：

「查理兩歲時，他住在一棟房子裡。父親是個忙碌而成功的商人，根本不關心他。查理不記得這些，因為兩歲的他有慈愛而細心的母親，還有「雨人」──他十六、七歲的哥哥。哥哥從來沒有離開過房子，他寵愛查理，抱他並唱歌給他聽。

「但是他們的母親突然去世了，這對任何兩歲的孩子而言都是難以置信的創傷，那些從未和父親有過溫暖、慈愛關係的孩子更是如此。在那之後幾乎立刻，家裡僅剩的一個愛與慰藉的源泉也被送走了，這是一場催人淚下的分別：『再見，雨人。再見，雨人。』這樣我們便設定了一個孩子──僅僅兩歲便被剝奪了一切情感支柱。」

查理對這個「雨人」還有著久遠而依稀的記憶。當他回家參加父親的葬禮時，他突然想起了這個特殊的朋友。他對蘇珊說：

查理

我突然想起了一件事。你知道，當你還是個孩子時……你有沒有某種……你自己想像的朋友？嗯，我的那個朋友是有名字的，他叫什麼來著？雨人。對了，他叫雨人。總之，只要我害怕什麼東西，我就會拿毯子裹住自己，雨人就會給我唱歌……按鐘點唱歌。現在我又想到他了，我一定是很害怕。上帝啊，已經過去那麼久了。

如果一個孩子在嬰兒時期沒有找到信任，他終其一生都會困擾於此。如果後來這個人生活中的穩定性被改變，信任的問題就會再度浮現。

在寫作《迷霧森林十八年》時，安娜・漢密頓・費倫感到自己需要對強迫症多做些瞭解，因為戴安・弗西的很多行為似乎是強迫性的。她請教了心理學家。心理學家問道：「她十一歲時去過哪裡？那時她在幹什麼？」當安娜進一步研究戴安的傳記時，她發現戴安的母親那時改嫁了，這改變了這個孩子對世界的信任能力。「戴安在十一歲時被拋棄了。我覺得這就是她第一次離開人們獨處的時候。她一個人在廚房裡吃飯。我覺得她被趕出了臥室，遠離母親和繼父。從那時起，她學會了孤獨，學會了不再信任人類。她覺得和動物在一起比和人類在一起更令她感到安慰。她永遠都不信任人類，到死都不信。」

如果在童年早期沒有安全感、愛和信任，兒童就會經歷一種支柱的缺失和自我信念的缺乏。在家庭中，挑剔就會取代愛。當兒童上學以後，他們可能會挑剔自我，變得呆板、謹小慎微和循規蹈矩，也可能會感到害羞，變得目中無人和睚眥必報，這種憤怒會向內（「我一無是處」）或向外（「我恨你」）轉化。

缺乏自尊和自信會影響身分認同。如果孩子經常受到批評，他們的

身分認同就由父母的看法形成，而非是真實的。身分認同在中學裡特別突出，此時青少年正準備進入成人生活並做出成人的決定。

許多青少年影片都著眼於身分認同，《保送入學》（*Risky Business*）、《小子難纏》、《早餐俱樂部》和《紅粉佳人》（*Pretty in Pink*）講述的都是年輕人試圖發現自身的想法與感覺，卻發現它們與父母或傳統／保守社會的價值觀和想法相對。

艾瑞克森說，具有健康背景的兒童更有可能獨立自主。反之亦然，一個害怕遭批評或遭拒絕的孩子（進而是成人），就會在做決定上缺乏自主。

在《雨人》中，關鍵的問題在於接下來的歲月裡查理渴望著父親的關懷。早年間的查理是「謹小慎微」的，他一直為了贏得父親的愛而取悅父親。

羅那・貝斯說：「父親把雷蒙這個異常的孩子當成一個不值得正常對待的怪胎，把他鎖起來。但他對待正常的孩子也是一樣。查理無論做什麼都不夠好，他無法做到完美。由於這個父親有一個不完美的長子，那麼，次子就必須處處完美才能填補他生命的缺憾。然而，次子也不是完美的。沒錯，他很棒——他的成績很好，長得也英俊，但這還不夠。查理不可能夠好，因為父親覺得這個世界虧欠了他某種完美。

「我認為查理年輕時根本不是個逆子。他本能地感到自己是如此需要父親的愛與關懷。父親給他的愛越少，查理渴求的越多。所以我覺得查理的童年是在懲罰自己中度過的，只為達到父親想要的那種完美。但是他從來都不夠好。」

查理十六歲時，他曾經叛逆過一次——他想測試一下即使他「壞」，父親是否還愛他。查理和女友蘇珊討論過這件事。

查理

給你説個故事，就説一個。你知道那輛敞篷車嗎？那是他的心肝寶貝。還有那該死的玫瑰花。那車對我遙不可及。他説那是輛經典車，需要得到尊重，不是小孩能開的。我那時十六歲，上十年級。有一次，我把成績單帶回家，全部得 A。我問爸爸能不能帶朋友坐那輛別克車？就當勝利遊行。他説不行。但是我還是去了。我偷了鑰匙溜出去。

蘇珊

為什麼？為什麼要在那時呢？

查理

因為那是我應得的。我得幹點美妙的事——用他的話説。但他永遠覺得我不夠好。我們往湖邊開——四個小孩，四箱啤酒。可我們被攔下了。他不説兒子未經許可開走了車，竟然報警説車被偷了。他就説是……被偷了。

（停頓）

我們被關進了郡監獄，其他孩子的父親很快就把他們保釋出去。而他卻把我丟在那兒……兩天。周圍不是喝醉酒嘔吐的就是精神病，還有人要強姦我。我這輩子就那一次……我嚇得尿褲子，心跳破了胸膛，喘不過氣來，膽都嚇破了。有個人用刀子捅傷我的後背，真是……

> **蘇珊**
> ……你肩膀上的那道傷疤。
>
> **查理**
> 我離開了家，再也沒有回去。

通過這個事件，查理瞭解了真相——他的父親並不愛他。

羅那釋道：「因此，他拒絕承認父親並刻意和他一刀兩斷。十六歲是他生命的重要時刻——他永遠地走出了父親的生活。而且為了這個，他放棄了曾經努力追求的一切——比如上大學。查理是個開朗的人，換在別處，他可能會成為一個年輕的雅痞經理。可是他卻必須反叛並反擊父親。查理不想讓父親高興，所以拒絕父親所認同、期望的那種成功。在反叛父親的過程中，他也毀掉了自己的生活。

「如果你是個開朗的人，希望過上更好的生活，你會怎麼跟自己說？你的父親事業成功，是個百萬富翁，而你已經花了十六年去追求。恐怕你不會總是想著反叛。一直以來，你都希望有所成就，希望父親為你自豪。你不會用刻意毀掉自己生活的方式去傷害你的父親——人們不會這樣想事情——因此，你會說：『我的父親是個傻瓜，我覺得我這輩子的追求都是膚淺的、物質的、虛假的。誰需要按部就班地走向成功啊？我比我父親更強，我會比他完成得更快、更容易、更經濟。我要出去自食其力。我辦得到！』

「這就是他要做的，也就是在此時他變成了一個騙子。他很聰明，他從事的汽車買賣可能只是那些往事的延續而已。他沒有身處貧民窟，

也沒有破產。他太聰明了，以至於即使做錯了，他也有能力取得一定成功。但其實查理是一個希望失敗的人。他心中的另一面，他一直相信父親是正確的。表面上他恨父親，而在內心深處他知道父親是正確的。如果父親說他是個失敗者，他就真是個失敗者。」

童年中對信任的缺乏阻礙了查理‧巴比特，使他成年之後沒有能力去愛。

艾瑞克森認為人在成年時期需要解決親密與疏遠的對抗問題──要學會讓彼此密切聯繫在一起，婚姻、友誼、結盟等關係才會成為可能──如果這些問題沒有被解決，誤解、懷疑、內疚都會介入到關係之中，阻礙潛在關係發展成親密關係。

「查理和蘇珊的愛情是非承諾性的，」羅那‧貝斯補充說，「他不用擔心傷害她，因為她應付得了。她不需要他娶她，她很酷。她有能力離開他，他也有能力離開她。這是真正的查理‧巴比特式的關係──不要求承諾，也不要求任何真實的東西。他微笑，他有魅力，他使她相信他關心她，這就夠了。但雷蒙卻不一樣。兩個月前，查理失去了蘇珊，可他卻並不想她。上路之後，一些變化開始發生在他身上。他變了，他意識到自己失去了一個很好的女人，意識到自己多麼不想失去她。於是他打電話給她。她被感動了，因為她從來沒見過這樣的他。」

正是查理的轉變使過去對他產生了積極影響，他和哥哥重新建立了聯繫。影片中最美的驚喜之一是查理發現雷蒙就是他童年的玩伴，發現他們彼此之間曾經有過健康的情感紐帶。

事實上，轉變就是故事要講的東西。羅那說：「希望就在於，當你走出影院，你會感到查理有能力去愛蘇珊，愛其他人了。他們會生孩子，會融入世界，會去關心其他人。通過和哥哥相處，查理已經瞭解了自己。」

如果查理的這些問題沒有得到解決，他可能會遭遇另一個危機——艾瑞克森稱之為「愛心關懷對頹廢遲滯」（generativity versus stagnation）。當一個人沒有在他／她的父母身邊長大，這就會發生。有時這會變成中年危機。人們必須面對「生活進展如何，成就如何」這一問題。

當一個人到了四、五十歲或者更大歲數，還會有另一個危機，即「完美無缺對悲觀沮喪」（integrity versus despair）危機。這一危機不僅是成就和職業貢獻上的，而且是價值意義上的。此時人們要面對的是「生活有無意義，有無深度」的問題。如果這一問題未被解決，就會導致絕望、酗酒、沮喪甚至是自殺。《大審判》（*The Verdict*）和《威探闖天關》（*Who Framed Roger Rabbit*）儘管在類型上差別很大，講述的卻都是「解決過去的問題，面對現在的危機，並最終學會參與和關心」。

練習：想像你要寫出一個關於查理‧巴比特未來的故事。把故事設定為他遭遇了中年危機——他四十歲了，可還是一無所成，因為他無意識中感到父親對於他沒有能力成功的判斷是正確的。那時的他是什麼樣的？他會做什麼作為補償？

查理六十歲會是什麼樣的？還在尋找人生的意義？還被父親所控制？他將怎麼表達自己的絕望？

如果他在這些階段解決了中年危機，他又會是什麼樣的？你認為在續集裡，他和哥哥的關係又會如何？

4.2　人物行動的原始驅力：無意識／陰暗面

很多心理學家相信，人類心智中的清醒意識只佔百分之十。而促使

和驅動我們的大多是無意識，其中包括感情、記憶、經驗和印象，這些東西自我們出生起就在我們的心靈留下了烙印。這些因素儘管經常由某種消極的心理協作所壓抑，卻驅動著我們的行為，使我們的行動方式可能與我們自覺的信念體系、以及與我們對自身的認識相抵觸。

我們都曾和某些自以為瞭解他們自身的人談過話。當我們聽他們講話時，我們卻感到他們對自身的印象和我們對他們的印象頗不相同。一個女人可能告訴我們她是個很開放的人，而事實是她非常具有自我保護意識。一個男人可能舉止文雅，可後來卻露出暴力本性，自己卻全無意識。某些這樣的人可能是被無意識的力量、控制欲、惡毒或殘忍所驅使的。

人們通常很少知道無意識力量如何影響他們的行為。這些消極因素經常被拒斥或合理化了。心理學家把這稱為「陰影」或「個性的陰暗面」。

我們在新聞中見過不少無意識陰影在人們的生活中起效的例子。「道德家」吉米·史瓦加（Jimmy Swaggart）[1]反因他的「反對性慾」而倒台。號稱「法律與秩序」的美國前總統尼克森（Nixon）也因在任期內的非法行為而倒台。

在無意識的這些陰影面中，我們可以找到憤怒、性慾、沮喪等等，或者以七宗罪來說，就是憤怒、暴食、怠惰、傲慢、嫉妒、貪婪和淫慾。

這些無意識力量在受到壓抑或排斥時，它們會獲得更大的能量。如果置之不理，它們就會驅使人們做出與意志相反的事，說出與意志相反的話。而如果壓抑它們，人們陷入麻煩的潛在可能性就更大。

有時，創作者們會決定探索這些陰影，巴利·莫羅說：「我在電視電影《比爾》（Bill）和《比爾靠自己》（Bill: on His Own）這兩個故事中

1　編註：吉米·史瓦加，美國知名牧師、布道者，曾捲入嫖娼醜聞。

探索了人類的積極面。在《雨人》中我想做的事恰恰相反——探索人類動機中的陰暗面，諸如貪婪、功利、短視和浮躁。查理就是我的陰暗面，也是每個人的陰暗面。我覺得，即使德蕾莎修女（Mother Teresa）也曾發過怒。我打賭，即使教皇也會對點頭哈腰感到不耐煩。我知道，每個人都既好又壞，既光明又黑暗。在他們身上存在著陰陽兩面。《比爾》講的東西是光明和希望，《雨人》講的東西則相反。」

探索陰暗面並不意味著你的故事要以消極作結。「我挑戰了自我，」巴利說，「我相信故事同樣能以這種方式結束——人們之間得以連結、修補過去的生活、揚棄痛苦並繼續前行。」

查理並未看出，驅使他的行動與行為的，很大程度來自於自己對父親的愛與認同的需求。按照羅那‧貝斯的說法：「查理需要獨立，他要以此保護自己不受遭到拒絕的傷害。他渴望父親的愛，他知道自己得不到，他知道父親是正確的，他知道自己將會失敗——就是這些驅動了他。在我們的生活中，最大的問題在於，我們總是不斷地重新再來，希望下一次會不同，希望下一次能做對。查理最大的目標就是證明父親是錯誤的，而在內心深處，他卻一直在證明父親是正確的。他本可以通過成功來證明父親錯了，用他的話說是『不靠他的幫助和指導』，成功可以證明他不需要父親的愛。」

無意識通過行為、姿態和語言等形式顯現在人們的性格中。所有這些潛在動力和意義都是人物所不知道的，然而卻影響到他們的作為和話語。

4.3 　人物的個性類型

儘管作為人類這一物種我們都是一樣的，但作為人，我們又各不相

同。我們每個人都以不同的方式體驗著生活，並對生活有著千差萬別的觀點和理解。

幾個世紀以來，對人物類型的理解幫助作家們對人物進行概略刻畫。

在中世紀和文藝復興時期，作家們相信肉體可以被分成四種元素，或稱之為體液（humor），正如物理世界可以被分為土、氣、火、水四種元素一樣，這些體液包括黑膽汁（black bile）、血液（blood）、黃膽汁（yellow bile）和黏液（phlegm）。

被黑膽汁控制的個性是抑鬱質／抑制型（melancholic）的——多慮、敏感、造作、保守。哈姆雷特那種陰鬱的優柔寡斷以及《皆大歡喜》（*As You Like It*）中賈奎斯（Jacques）的那種沉思就是抑鬱質的例子。

被血液支配的個性會是多血質／活潑型（sanguine）的——仁慈、快樂、多情。法斯塔夫（Falstaff）[2]就符合這種氣質。

膽汁質／興奮型（choleric）的個性由黃膽汁支配，易怒、頑固、缺乏耐性、報復心強。奧賽羅（Othello）的嫉妒和李爾王（Lear）的輕率是膽汁質個性的極端例子。

黏液質／安靜型（phlegmatic）的個性是沉著、冷靜、含蓄、堅韌，例如《哈姆雷特》中的赫瑞修（Horatio）。

完美的性格是四種體液達到平衡的結果。反之，嚴重的不平衡就會導致失調和瘋狂。

《凱撒大帝》（*Julius Caesar*）中的布魯圖斯（Brutus）是四種體液達到完美平衡的例子。馬克·安東尼（Mark Antony）稱他為「羅馬人中最高貴的一個」。

2　譯註：莎士比亞筆下最生動有趣的喜劇人物之一，曾經出現在《亨利四世》（*Henry IV*）和《溫莎的風流婦人》（*The Merry Wives of Windsor*）中。

……交織在他身上的各種美德，可使造物蕭然起立，向全世界宣告：「這是一條漢子！」

007系列小說家伊恩・弗萊明在《八爪女》（*Octopussy*）裡更新了這四種元素並運用於醉漢的描寫中：「多血質的醉漢癲狂愚蠢又快樂；黏液質的醉漢陷入悶悶不樂的泥沼中；膽汁質的醉漢是好鬥的、漫畫式的，因為打人毀物，他大半輩子都在監獄裡度過；而抑鬱質的醉漢則自怨自艾、涕淚縱橫。」[3]

莎士比亞對人物關係很感興趣。有些類型的人因為對世界有一致的看法而相處得很好，另一些類型的人就會製造出衝突。例如，追求雷厲風行的膽汁質人就會被追求深思熟慮的抑鬱質人逼瘋，多血質人也會為身邊盡是黏液質人而沮喪不已。

在最近一百年間，出現了很多對個性類型的再度闡釋。作為一個作家，熟悉這些理論有助於你區分人物並強化人物間的衝突。

榮格認為，大多數人同時具有外傾性和內傾性。愛社交的外傾型人著眼於外部世界，而內傾型人則著眼於內在現實。外傾型人在群眾場合感到很自在，容易與他人建立聯繫，喜歡派對和人群。而內傾型人則是孤獨者，追求單獨活動，例如閱讀和冥想，他們更喜歡審視內心而非成為別人生活的焦點。

在戲劇中和在現實生活中，大多數人物都是外傾型的。外傾型人在電影中產生戲劇動作（action）[4]，提供衝突和戲劇性。他們的一切皆由外部指引，良好地執行自己的職責並和生活有著積極的互動。但是《雨人》

3　原書註：Ian Fleming, *Octopussy* (New York: New American Library, 1962), p. 13.
4　編註：戲劇動作，這裡不僅指人物的肢體表演，而且指人物的行為和因此引發的情節。

卻證明了內傾型人也可以成為有力的人物，如果把他們和一個較為外傾的人配對，也能產生戲劇動作。

羅那・貝斯說：「雷蒙當然是最內傾型的人。他是個典型的自閉症患者，甚至搞不清人、樹與無生命體間的區別。他不理解人就是人。

「查理是個披著外傾型外衣的內傾型人。查理在人群中感到很自在，因為他覺得自己能應付得了。他很帥、有魅力，但我不覺得他在人群中能得到真正的快樂和趣味。在他的眼神背後，他一直在琢磨『他們想要我幹什麼？』他從未跟別人分享過自己的真實情感，由此說來，他也是個孤獨者。他把自己的憤怒隔離開來。表面上，他是個健談、進取、負責的人，但就是不能分享自己的真實情感。他既對別人掩飾，也對自己掩飾。」

榮格在外傾型和內傾型之上，又添加了四個類別，以深化對個性類型的理解，它們是感官型（sensation）、思考型（thinking）、情感型（feeling）和直覺型（intuition）。

感官型人通過感覺體驗生活。他們使自我與物理環境如顏色、氣味、形狀和味道相協調。他們傾向於活在當下，對周圍事物反應靈敏。很多感官型人會成為好的廚師、建築師、醫生和攝影師，乃至任何憑感官的職業。詹姆士・龐德也可以被看作感官型人——他喜歡享樂、開快車、體能活動和漂亮女人。

思考型人恰恰相反。他們會思考情況，找出問題，控制局面，並提出答案。他們基於原則而非感情做出決定。他們是理性的、客觀的、有條理的。思考型人可以成為好的管理者、工程師、機械師、經理人。具有很強思考能力的人物包括佩瑞・梅森（Perry Mason）[5]、潔西卡・弗萊

5　譯註：佩瑞・梅森，電視劇《梅森探案集》（*Perry Mason*）中的人物，職業為辯護律師。

徹（Jessica Fletcher）[6]、馬蓋先（Macgyver）[7]和《危險關係》中的侯爵夫人。

　　情感型人對他人很友善。他們體貼、熱心、有同情心。他們經常敞開心扉，表露感情。教師、社工和護士經常是情感型的。在電影和小說中，這種類型的人物有《危險關係》中的德‧杜維爾夫人（Madame de Tourville）、《越戰創傷》（*Casualties of War*）中的艾瑞克森教授（Professor Eriksson）和《上班女郎》中的泰絲‧麥吉兒。

　　直覺型人對未來的可能性抱有興趣。他們是具有新視野、新計畫、新點子的夢想家。他們心懷預感，擺弄直覺，活在對未來的期待中。直覺型人經常是滿腦子點子的企業家、發明家和藝術家。某些銀行劫匪和賭徒也是直覺型人，他們總是想在財富上碰運氣。《星際大戰》（*Star Wars*）中的歐比王‧肯諾比（Obi-Wan Kenobi）就是直覺型人——他對自然中不可見的力量有所認識。《歡樂酒店》（*Cheers*）中的山姆（Sam）也是個直覺型人——他總感覺自己對任何女人都能魅力無窮。《華爾街》（*Wall Street*）中的戈登‧蓋可（Gordon Gekko）則似乎對計畫和安排很有直覺。

　　這些機能都不是單獨存在的。大多數人都有兩個佔主導的機能和兩個次要機能（有時被稱為「陰影機能」〔shadow functions〕）。大多數人——大多數人物——都傾向於通過感官和直覺從周圍的世界中獲得資訊，並傾向於通過思考和情感處理資訊。

　　「查理既是思考型的，也是直覺型的，」羅那‧貝斯說，「他可能是那些既憑過去又憑未來生活的人當中的一員。儘管他似乎有時依據享樂

6　譯註：潔西卡‧弗萊徹，電視劇《推理女神探》（*Murder, She Wrote*）中的人物，職業為懸念小說作家。

7　譯註：馬蓋先，電視劇《百戰天龍》（*MacGyver*）中的主角，經常憑智慧化解危機。

主義生活，但實際上他卻被過去的幽靈驅使，他夢想自己能夠中頭彩，一朝致富。我不太肯定他是個及時行樂的人。」

理解這些類型對創造觀點和行動各異的人物是很有用的，你如此便能創造出有力的人物關係。

對立往往在人與人之間製造出最激烈的衝突。感官型偵探可能難以和憑直覺而非依據可靠證據行事的直覺型偵探合作。思考型人也可能不喜歡那些多愁善感、忽略現實的情感型人。

有些人會崇拜那些指明他們弱項的人。如果人們弱於直覺，他們可能會尋求一個直覺上的導師來替自己掌管直覺。如果他們弱於思考，他們可能會尋求一個有點子的人。沒感情的人會找一個激情的道德宣講家替他們背負感情。弱於感官的女人易受討女人喜歡的男人誘惑，也容易墜入熱烈的戀情。

依據你希望講述的故事，你會發現別的方式在定義人物類型上也很有幫助。在《內在英雄》（*The Hero Within*）這本書中，卡蘿·皮爾森（Carol Pearson）把與我們相處的人描述為「六大類型」，即孤兒（orphan）、天真者（innocent）、流浪者（wanderer）、殉道者（martyr）、鬥士（warrior）和魔法師（magician）。馬克·葛容（Mark Gerzon）在《英雄的選擇》（*A Choice of Heroes*）中論述了男性人物的幾種類型，如戰士（soldier）、邊疆居民（frontiersman）、養育者（nurturer）等。琴·欣諾達·玻倫（Jean Shinoda Bolen）在《俗女心底的女神》（*Goddesses in Everywoman*）和《俗男心底的男神》（*Gods in Everyman*）中，使用男神和女神的形象幫助人們理解人性。所有這些書都有助於拓展對個體性格和性格差異的理解。

練習：寫作是一種探索內在的行動。本書訪問的很多創作者都認為每個

人物在某種程度上具有他們自身的面貌。想想你自己的類型——思考型、直覺型、感官型還是情感型。如果你是思考型的，那就想像一下作為直覺型的人是什麼樣的感受。對所有這些特質的強調怎樣改變你的個性？再想想你的熟人。你覺得他們是什麼性格類型？他們為何與你不同？

4.4 創造行為異常的人物

你肯定知道那句老話：「我們都有點瘋，但你比我更瘋」。大多數心理學家認為正常和異常之間的界限並不清晰。

如果你在寫一個關於異常性格的劇本，不管是精神分裂、躁鬱症、妄想症還是精神錯亂，你都需要對這些性格失調的複雜狀態進行大量的特別研究。

為了創造雷蒙·巴比特這個人物，巴利·莫羅需要對自閉症的特徵、自閉症天才以及智能遲滯做些瞭解。巴利敘述自己是如何對自閉症天才產生興趣的：「每年我都到智能遲滯公民協會（Association for Retarded Citizens）做義工。有個下午，我們正在休息。我感到有人在拍我的肩膀，我一回頭，發現有個人的鼻子幾乎貼上了我的鼻子——那就是雨人。他的真名叫金（Kim）。他昂著頭，帶著古怪的表情對我說：『想想吧，巴利·莫羅。』我退後一步，也昂起自己的頭，想著他說的話。他就像個禪宗大師似的，自有一派風度。幸運的是，他的父親恰好出現，解釋了這一切。他把我介紹給金，並且告訴我，金見到我很興奮，所以話也說不清楚了。他真正想說的是：『我在想你，巴利·莫羅。』他把頭扭過去，發出呻吟聲，快速地拍著手，嘴裡念著一些名字。

「我被他搞糊塗了。突然我覺得有個名字很耳熟，接著又是一個。

我這才意識到，他是在依次背誦我的兩部影片《比爾》和《比爾靠自己》中的演職員表。然後他又開始背誦數字。他說得太快了，讓人聽不出其中的意思來。金的父親叫他慢一點，告訴他說我聽不懂。他慢了下來，我意識到他是在不斷地重複我最近八到十年間的電話號碼。他的父親說他把記住電話號碼當成癖好——他已經記了幾千個。他通常只記電話簿上的號碼，我的號碼對他而言只是個例外。他有過目不忘的本事。我問得越多，就越感到吃驚——這個人身上令人驚嘆的方面似乎是沒有止境的。我逃回家中，腦子裡想的全是他。我覺得自己遇到了世上最非凡的一個生靈，而且感到受寵若驚。」

儘管金是雷蒙的原型，但據羅那·貝斯說，達斯汀·霍夫曼（Dustin Hoffman）為了飾演雷蒙，選擇了另一個原型。

「為了給自閉症個性進行分類，達斯汀做了大量研究。他以一個特定人物作為自己角色的原型。這個人有個並無自閉症的兄弟，我們和他坐在一塊好一段時間。他可以模仿自己患有自閉症的兄弟，從他身上我們掌握了自閉症患者的節奏。我需要找出這個自閉症患者那古怪又孤僻的做事方式，並且這些東西不知怎地相當迷人，而非令人不快。我們運用了『保留人身傷害列表』（keeping the personal injury list）的概念——這種方法具有普遍性，在某種程度上，我們也會對自己這麼做。對我個人而言，它很有效。我們加入了一些自閉症患者的行為——你可以加入令人討厭和反感的行為，也可以加入可愛的行為。在一部只有兩小時長的電影裡，我們寧願只加那些迷人的、有趣的而非令人不快的東西。」

理解異常行為對寫作這類人物而言是不可或缺的。而且，一些關於異常行為的知識對寫作正常人物也是很有幫助的。我們所有人都在內心深處具有這些因素。賦予你的正常人物一些此類特性會增加衝突和趣味。

澳大利亞編劇大衛·威廉森（David Williamson，作品包括《加里波

利》〔*Gallipoli*〕、《法雅納》〔*Phar Lap*〕）擁有心理學碩士學位。他發現，按照臨床的異常性格模型來思考人物是很有幫助的。儘管他並不將模型用於創造人物，但他還是經常在修改階段回到這些模型上，並把他的人物稍稍推離正常軌道以創造更多戲劇性和趣味。

臨床心理學證實，許多性格或氣質類型被視為會阻礙人們的心理功能。威廉森把它們列在下面這張圖表中：

外傾型

	狂躁	妄想	精神病或反社會

正常行為界限————————————————————————

	抑鬱	精神分裂	神經質焦慮

內傾型

使用這些性格類型，具有異常性格的人物就不會完全落入一種類別之中。人物可以在狂躁和抑鬱之間波動，也可以在妄想和精神分裂之間波動。你可以基於這些類別進行概略刻畫並延續到創造正常人物中，並同時在人物之間創造出強烈的交互作用。

狂躁型人覺得自己無所不能。他們表現得非常樂觀，展示出某種情感上的歡快。由於高度興奮且經常樂於交際，狂躁型人容易在情感上爆發。他們可能是輕浮且多話的。他們的注意力維持時間很短，極容易感到厭倦。更有甚者，他們在追求自己目的時極少經過考慮，因此傾向於無視他人。

具有某些狂躁特質的正常人物可能是工作狂，被成功的渴望所驅使。他們也可能被貪婪所驅使（例如《華爾街》中的戈登・蓋可）；或者相信萬事都會順利，相信自己能創出一番新天地（例如《蚊子海岸》〔*The*

Mosquito Coast〕中的艾利〔Allie〕），或者確信自己無所不能（例如《超人》（*Superman*）中的那幾個反派）。

查理・巴比特經常有點狂躁。羅那・貝斯說：「查理有時很顛狂。他很警惕，也很自制，這是為了防止自己陷入真正的沮喪。我覺得查理不是個無所事事、悶悶不樂的人。」

抑鬱型人則正好相反。他們傾向於保存自己的情感能量。他們受制於陰鬱的心緒，感到菲薄而自卑。有些人有疑心病的傾向，即使自己沒錯也會自責。有些人物可算是正常，但也具有不少這一類型的特質，例如哈姆雷特、《致命武器》中的馬丁・瑞格斯（Martin Riggs）、戲劇《異雪》（*Strange Snow*，後來被改編成電影《越戰傷痕》〔*Jacknife*〕）中的大衛（David）。

精神分裂型人物在不少成功的影片中出現過，例如《未曾許諾的玫瑰園》、《大衛與麗莎》以及電視電影《手足情》（*Promise*）等。精神分裂型人傾向於害羞、自我意識強、過分敏感、容易尷尬。他們以避免公開衝突的方式保護自我。他們隱忍、慍怒，通常不擅溝通。《梅崗城故事》中綽號「布」的亞瑟・雷利（Arthur "Boo" Radley）可以說踩在精神分裂型人的邊界上。而《意外的旅客》（*The Accidental Tourist*）中的麥孔（Macon）為兒子的死悲痛不已，據此可以把他看作具有某些精神分裂性格的正常人。

妄想型人相信人們會加害於他們。因此，他們具有好鬥的傾向。他們希望成為領袖，希望擁有超過他人的權力和聲望。他們固執武斷、爭強好勝、剛愎自用、戒備心強、喜歡自誇。他們經常滿懷毫無來由的嫉妒，對任何個人批評都很敏感，容易被冒犯，並相信自己與眾不同。在許多查理士・布朗遜和席維斯・史特龍的影片中，很多人物都顯現出這類特質。

神經質焦慮型人對凡事都感到憂慮和恐慌。他們對個人安全、恐怖攻擊、溫室效應、臭氧層、酸雨、強姦乃至生活中的一般事實都感到擔心。對他們而言，到處都埋藏著禍端。很多觀眾最喜歡的神經質焦慮型人物是伍迪·艾倫，例如《漢娜姊妹》（*Hannah and Her Sisters*）、《安妮·霍爾》（*Annie Hall*）、《變色龍》（*Zelig*）等影片。

偏執型／強迫症型人物也是神經質的。《致命的引吸力》中亞歷克絲對不情願的丹的那種偏執，以及《雨人》中雷蒙·巴比特每天必看《人民法庭》（*People's Court*）的那種強迫症，都是這類行為驅動人物的例子。

我們在影片中、在每天的報紙上見過不少反社會型或精神病型（心理不平衡）人物。他們經常是故事裡的壞蛋，是「死硬的罪犯」。沒有道德中心的人會是不知恐懼、不值得信任、自私自利、唯我獨尊並且對他人毫無同情心的。作為反派，反社會型人或精神病型人會不惜一切阻止主角的良好意圖。

這些人物不會改變。如果你決定讓某個人物成為反社會型或精神病型，要記住即使到影片結尾，他們也不能成為正常的、協調的個體。

在這當中，最著名的當數愛德華·G·羅賓森（Edward G. Robinson）和詹姆斯·凱格尼（James Cagney）的銀幕形象。《白熱》（*White Heat*）、《小凱撒》（*Little Caesar*）、《疤面煞星》（*Scarface*）等都是著眼於反社會型人物的影片。《教父》（*The Godfather*）、《手忙腳亂》（*Helter Skelter*）和《我倆沒有明天》等影片中也有反社會型人物。

戲劇性和衝突可以來自這些人物間的關係。

妄想型人需要有人迫害，並會把狂躁型人的好鬥視為威脅。狂躁型人會覺得抑鬱型人缺乏活力、令人沮喪。精神病型人也對神經質焦慮型人的眼淚全無理解。

如果你正在寫作異常人物，那麼你可能會需要做些輔助的心理學研

究。閱讀醫學刊物和心理學書籍、和心理學家交談、觀察患有異常性格失調的人並和他們來往，可能都有幫助。

　　儘管素材可能是臨床意義上的，但考慮給你的人物一些異常傾向可能會增加戲劇性和複雜性。有些作家試圖把人物寫得太美好、太可愛、太健全，摧毀他們的這些優勢會使他們變得有趣。看看這些臨床心理的性格類別吧，它們會幫助你使人物完滿起來，要知道即使美好的人物也有點瘋狂。

　　巴利・莫羅說：「不管你有無正式研究過心理學，不管你是通過經驗還是通過觀察行為學到它，你都必須研究得夠深才能寫得出來。為了理解人類行為，你必須找機會多碰碰這個世界，多見見陌生人。」

　　小說家丹尼斯・林德斯贊同道：「成為作家的人無疑都對人物的心理學和社會學懷有興趣，正如畫家最好對色彩有興趣，否則就做不了好畫家一樣。作為作家，我們必須對心理學有興趣。」

　　編劇詹姆斯・迪爾登補充道：「我們寫作人物時不用出門學心理學。你可能希望自己對人們如何行事有所認識，但你所學的任何心理學、你試圖學到的都只是整體上的，而非特定的具體對象。你不是來學心理學的，你要做的是創造特定的人物。但願你已經有了一些心理學上的整體認識，足以供你用來創造人物。我們大家的心理學知識都只是基礎水準。我們不知道什麼奇怪的名詞，然後拿來解釋為什麼我們這樣做、別人那樣做，但是我們都知道如果你使一個孩子變得冷酷無情，那麼長大了他定會冷酷無情。你不用是天才也能知道怎麼回事。

　　這些都是個人經驗。我覺得這就是最終我要不斷認識自己的緣故。如果你認識自己，你也會認識他人。除非你認識自己，否則你無法認識他人。」

4.5 編劇現場：《凡夫俗子》
——如何與人物溝通，進入人物頭腦

《凡夫俗子》是部心理小說，故事講述一個男孩為哥哥的死感到內疚與折磨。這是一部關於個性、轉變、改變的小說。電影的版本由艾文・薩金特（Alvin Sargent）執筆編劇，贏得了多項奧斯卡獎。出於本書目的，我們在此僅探討小說，雖然讀者也許會想找出這部電影，瞧瞧人物心理資訊如何被改編到銀幕上。

小說家茱蒂絲・蓋斯特通過自身經歷接觸到了心理學。進入她的內心便進入人物的核心。

「我在大學裡只上了一堂心理學，但我卻蒐集了很多新聞文章，讀了很多心理學書籍。我沒怎麼讀過榮格的著作，但我覺得榮格理論就是我最認可的理論。

「所以，我對心理學的理解，大多來自一種無意識的研究。我就像塊海綿，從各個方向吸收各種資訊。我並不是經常意識到自己在幹什麼。但那是一個我感興趣的題目，我的耳朵、眼睛和手一直為它而運作著。」

茱蒂絲對人物心理方面所下的功夫，包括理解他們的行為、他們之間的關係和他們轉變的潛力。她給予人物的大多數刻畫，來自她對人們行為方式的直覺理解。

請注意，當她談到人物時，她談的是他們的內心活動。比起他們的外在行為，她更感興趣的是他們如何思考、如何看待世界、以及他們如何平衡自身的內在現實和外在現實。

「對大多數人物，我都要根據內心的感受決定他們的面貌。當我在構建伯格（Burger）這個人物時，我想要創造的，是一個對康拉德（企

圖自殺的那個兒子）來說最好的精神病醫師。我便想到，這個人是個什麼樣的人呢？他一定得像那孩子一樣聰明，而且很有幽默感，而幽默就是康拉德和世界搏鬥的方式。所以我希望這個人不僅用同樣的方式應對這個世界，而且將其建設性地用於病人。我希望他快樂地看待生活，這並非說他有能力拋開生活的現實，忽視自己對生活的感受。

「貝絲（Beth，康拉德的母親）就像我認識的很多人一樣。我想把她創造成一個受到極大創傷的人物，她處理創傷的唯一方式就是拒絕承認，因此變得越來越遠離自己存在的現實。她害怕自己的情感，害怕處理它們。我覺得她從來不敢面對自己的處境，害怕自己會徹底崩潰。這就是她保持自己完整的方式，這讓她覺得自己和世上大多數人沒有什麼差別。」

某些人物的內心活動是茱蒂絲・蓋斯特在寫作他們的時候發現的。例如，她通過對貝絲的更多觀察，改變了對這個人物的態度。「我覺得我剛開始寫貝絲的時候，我是恨她的。我為發生在康拉德身上的事責怪她。我寫的時間越長，情境對我就越複雜，我就越少去責怪她。她就是她，他也就是他。他學會了淡然處之，而她沒有。她無力擺脫這一情境。」

對小說家而言，與人物心理的溝通，開啟了進入人物頭腦的可能性，也就是說，能夠讓讀者知道人物的感受和思考。在喀爾文（康拉德的父親）和康拉德身上，茱蒂絲選擇讓讀者進入。而在貝絲身上，茱蒂絲有意識不這麼做。

「我覺得理解康拉德或喀爾文的性格不算是難事，所以我進入了他們的頭腦。而對貝絲我選擇不，因為我覺得那太難了。事實是，我不理解她的性格。我知道，有人就是這樣，他們能夠成其所是有很多理由。但我覺得進入她的頭腦並做出描繪對我而言非常困難。」

茱蒂絲需要理解人物之間的關係和潛在的轉變——他們頭腦中發生

了什麼，怎麼改變的？我問茱蒂絲，她是否認為貝絲是可以轉變的。「這是肯定的。我覺得有很多時機。在這個家庭裡發生的，是其中兩位成員做好了準備，而第三位卻不肯。時機到了，你自然握有選擇權，就等你下決定，但你也可以選擇離開；而她選擇了離開。

「喀爾文有能力轉變，因為他是一個不太有防衛心的人。他的防衛心已被康拉德企圖自殺的事件洗刷一空。他的主要決心在於不惜一切確保康拉德不再自殺。喀爾文意識到，康拉德的自殺企圖源於他無法對他人講述自己的感受。如果他不肯成長，那件事就會終生困擾他。喀爾文絕不能讓這再次發生。

「我真的認為康拉德更像他母親而不是父親。「我覺得，就是這個讓他們母子倆產生了隔閡。他們都害怕生活，把生活拒之千里。他們都是真正的完美主義者。因此，生活中的這一真正失敗——布克（Buck，康拉德的哥哥）溺水並失蹤——都不是他們能夠承受的。

「完美主義者也會被內疚感折磨。康拉德就是這樣，他覺得那都是自己的錯。他回避著母親，似乎一切都在證明他有罪。我覺得更要緊的是，他們都無力去應對悲痛。他們把悲痛埋葬起來，可它卻到處溢流。當康拉德試圖告別生活中的那些毀滅性行為時，他就不能再容忍自己的母親繼續如此了。

「我覺得康拉德處理事情的方式就是總拿它們開玩笑，把它們拋到一邊。他遇到史提爾曼（Stillman，那個運動狂）時，他沒有直接面對對方的敵意，只是頂了兩句，這不能解決任何問題。對我而言，衡量康拉德精神健康的尺度就是他最終受夠了史提爾曼，和後者大打出手。這是個非常直接的反應。」

發生在《凡夫俗子》中的變動，在於康拉德和喀爾文心理健康的轉變，以及對於追尋生活意義的看法的轉變。「在人們的生活中，有些東

西就是沒有意義的，」茱蒂絲・蓋斯特說，「你可能會發瘋似地要找到某件事的意義。康拉德在與伯格的最後一場戲裡說道：『你不明白嗎，總得是某個人的錯，否則怎麼說得通呢？』伯格答道：『就是說不通，它就這麼發生了。的確，人們會尋找解釋，但如果那只是一場可怕悲劇，尋找意義會讓你卡住的。』

「喀爾文和康拉德都形成了更堅強的性格。在書的結尾，他們當然都成為更豐富、更深刻的人，彼此之間更密切、更有感情——他們更加關懷別人了。我覺得他們在試圖變得更加誠懇。他們開始觸及自己的本質，不再挑剔。終於有好事發生了！」

實作練習課

瞭解人物的內心活動有助於創造更有力、更易理解的人物。開始時，問自己以下問題：

- ・我的人物過去經歷過什麼創傷並影響到現在的行為？過去有無好的影響使人物現在發生轉變？
- ・是什麼無意識的力量驅使著我的人物？它們如何影響人物的動機、行動和目標？
- ・我描寫的主角和配角各是什麼性格類型？我的人物關係中有無對立和衝突？
- ・我是否把人物寫得過於美好、平淡、正常？他們能否有點異常？他們的異常怎樣導致和其他人物的衝突？

小結

人類比分類系統複雜得多。然而，肯定有一些穩定的行為和態度模式支配著人們的心理。鑒於人們都有基本欲望，他們都是相同的；鑒於人們對生活有著不同反應，他們又是各不相同的。理解這點即是創造具有豐富內在和外在生活的立體人物的關鍵。

05
對手戲
建構人物關係

　　人物極少單獨存在，而是存在於關係之中。偶爾，也有些單一人物的故事，例如山繆‧貝克特（Samuel Beckett）的《克拉普的最後一捲錄音帶》（*Krapp's Last Tape*）和史蒂芬‧史匹柏的《飛輪喋血》（*Duel*）。除此之外，大多數故事都是關於人際互動的。對電影和電視劇而言，人物之間的動態關係和個體的性格特質同等重要。

　　小說家倫納德‧圖爾尼強調了人物焦點在二十世紀的變化：「成對的人物在小說和電影中日漸重要。無數的故事裡都存在著搭檔關係——員警搭檔、夫妻組合。這把一種化學反應引入故事，創造出新的人物、新的個性、新的東西。當你把兩個人或物件放在一起，你就有了新的東西。成對的人物與單獨個體並不相同。這麼做並非是有意識的，但成對的人物在一起時，行為是不同的。」

　　某些成功的電影和電視劇都由兩位明星而非僅由一位來主演。這種關係式的電視劇包括《歡樂酒店》、《凱特和艾莉》（*Kate and Allie*）、《雙面嬌娃》、《莫克和明迪》（*Mork and Mindy*）、《警網雙雄》（*Starsky and Hutch*）、《警花拍檔》（*Cagney and Lacey*）、《龍鳳妙探》（*Remington*

Steele）。很多成功的電影也強調人物關係，例如《非洲皇后》（*The African Queen*）、《虎豹小霸王》（*Butch Cassidy and the Sundance Kid*）、《金屋藏嬌》（*Adam's Rib*）、《48小時》、《致命武器》和《雨人》。

關係式的故事強調人物之間的化學反應。個體人物的創造著眼於特質的選擇，以便在人物關係中提供最多的「火花」。大多數火花都來自以下元素的組合。

· 人物的共同點，即人物之間的吸引力，拉近他們的距離並使他們密不可分。
· 人物間的衝突威脅到他們的關係，並可能使他們分離，這為劇本提供了戲劇性（有時是喜劇性）。
· 人物具有對立的特質或成為對手。通過編排，這可以創造新的衝突並加強人物。
· 人物擁有（或好或壞地）轉化彼此的潛力。

5.1　兩位人物間的吸引與衝突

對幾乎所有的虛構故事寫作而言，衝突都是不可或缺的。大多數故事都必須依賴衝突才能得到張力、引發興趣和戲劇性。很多故事同時也是愛情故事，描繪人們之間的互相吸引。在電影和小說中，要找出衝突和吸引之間的平衡是相對簡單的。故事開始時的衝突在結尾得到解決，並通常產生一個大團圓結局。

但在電視劇中，問題比較特別。一部系列劇通常會延續五到十年，並不斷推遲劇中人物關係的結局。假如吸引克服了衝突，人物就會過早地結合，劇集就失去了火花。而假如衝突太多、吸引太少，人物就會彼

此厭惡，觀眾就會離開。這更加麻煩，因為使人物分離是頗不尋常的。對那些以人物間的互感興趣為骨幹的電視劇而言更是如此。在吸引和衝突間取得平衡是對製片和編劇的一個挑戰。

詹姆斯・布洛斯（James Burrows，《歡樂酒店》的聯合主創）解釋他們是如何在全劇一開始處理這進退兩難的局面：「我們這部劇是一部不斷進展的劇。批評家們對戴安（Diane）和山姆（Sam）的進展不感興趣。我們覺得，如果山姆和戴安一直停留在互相戲弄的階段，那麼山姆的性格就體現不出來。你只能讓他們長時間分離。顯然，如果山姆是個討女人喜歡的男人，他必定會最終贏得戴安，否則他就不是個討女人喜歡的男人。我們喜歡這個安排所伴隨的對人物的影響，人物間的關係也從中獲得了新的定義。我們很樂意再次拆散他們。」

在諸如《妙管家》（Who's the Boss?）、《雙面嬌娃》和《歡樂酒店》等劇，人物之間的吸引甚至友誼都是真實的。很明顯，他們在很多層次上真誠地喜歡對方。在一次聯合訪問中，《妙管家》的主創馬蒂・科漢（Marty Cohan）和布萊克・杭特（Blake Hunter）描述了劇中人物安吉拉（Angela）和湯尼（Tony）之間的共同點：

「安吉拉和湯尼在看待生活的方式上都相當保守。他們也看重家人和家庭，就跟普通人無異。他們寧願坐著看電視、吃爆米花而不願進城去。他們彼此間深深支持。」

在《雙面嬌娃》中，曼蒂（Maddie Hayes）和大衛（David Addison）之間的唇槍舌劍、妙語如珠以及對彼此的幻想，都揭示出他們通常缺乏直接表達的能力。在〈這是份好工作〉（It's a Wonderful Job）那一集的劇本（卡爾・索特、戴博拉・法蘭克〔Debra Frank〕編劇）裡，有一個場景，曼蒂失魂落魄地想知道，如果自己兩年前就關閉了偵探社，生活會是什麼樣子。亞伯特（Albert）是她的守護天使，他把她帶入這段經

歷。大衛正要和謝麗爾·蒂格斯（Cheryl Tiegs）結婚，可他卻對曼蒂難以忘懷。即使大衛看不到曼蒂也聽不到曼蒂，她也能對他的思索反唇相譏。

大衛

我在想……曼蒂·海絲？這個名字我好久沒聽到過了。她曾經搧了我一嘴巴，她可真會搧人啊……還有……她戴著眼鏡，很有力氣。我其實挺喜歡她的。

曼蒂

真的嗎？

大衛

她溫柔體貼。就是那種感覺。我覺得她曾經是個很特別的女孩。

曼蒂

哦，大衛。曾經是什麼意思？

大衛

也許，我們在一起會相處得不錯。

曼蒂

我們的確曾經相處得不錯啊……你不記得那些事了？那個

DJ，那個鋼琴師，我那幅愚蠢的畫像？你跟蹤我到布宜諾斯艾利斯……我跟蹤你到紐約。你怎麼能忘呢？你還在車庫裡吻過我呢。

亞伯特

不，他沒有，曼蒂。

曼蒂

什麼？

亞伯特

這些都沒發生過。

曼蒂

啊？

亞伯特

你一關閉偵探社，它們就不在了。兩年時光就這麼遠去。

大衛

啊，這太瘋狂了。我竟要拿謝麗爾跟一個我甚至不認識的女人相比。

另一種情況是，吸引會成為全劇的著眼點。你可能看過 1950 年代的愛情故事。其中的人物墜入愛河、結婚生子。但為了用可信的方式將人物分開，編劇便創造出一些阻礙。阻礙通常來自情境，例如工作關係。無論這一關係是搭檔（如《雙面嬌娃》）還是僱主與僱員（如《歡樂酒店》和《妙管家》），阻礙來自至少其中一個人物認為，若把工作和享樂混在一起將會帶來麻煩。

構建出阻礙可能是很困難的。它要夠弱，這樣大量的愛與關懷才能四處奔湧；它又要夠強，這樣至少一個人物才會認為價值觀是不可退讓的。在《妙管家》中，兩位人物都有相同的價值觀。他們可能彼此吸引，但只要他們和孩子們生活在同一屋簷下，他們就不會睡在一起。在《歡樂酒店》中，戴安（以及之後的蕾貝卡〔Rebecca〕）對山姆的示愛決不讓步。

這些系列劇一直在玩弄著這些阻礙。挑動與刺激，通常來自對這些界限的玩弄，儘管玩弄過度，觀眾會開始質疑人物的優柔寡斷。另一方面，假如沒有阻礙，觀眾又會質疑兩位迷人人物為何對彼此毫無興趣。

《雙面嬌娃》和《歡樂酒店》最終還是越過了線，大衛和曼蒂、戴安和山姆最終還是同床共枕了。

《妙管家》於 1985 年播出的第三季就玩弄了這種界限，並重新確認了平衡。

安吉拉

什麼也不會發生，我們都是成年人了，而且……

湯尼

而且我們這樣子挺好。

安吉拉

沒錯，儘管我們若不是現在這樣子，可能也挺好。

湯尼

會很棒的，安吉拉。

安吉拉

是啊，會的。

湯尼

會不一樣的。我不想失去我們已經獲得的東西。

安吉拉

我也不想。

儘管這情境是為了分離人物而設定的，但每個人物的特點也發揮作用。安吉拉的優越感，使她對於要和湯尼發展到什麼程度感到疑惑；戴安的知性主義和勢利，讓她產生了不與山姆為伍的信念；曼蒂對糾纏的恐懼，使她對大衛決不退讓。

5.2 利用兩位人物的「反差」，快速定義人物

反差比其他特質更能定義出一對人物。若這對人物都真正被彼此的對立性格吸引，那麼就會創造出最有力的人物關係。《致命武器》、《48小時》、《單身公寓》(*The Odd Couple*)、《雪山怒海大追緝》(*Shoot to Kill*)、《情人保鏢》(*Someone to Watch over Me*)，幾乎任何關係式的故事——無論它是關於愛情、合作還是友誼，都包含著對立的人物。

反差能夠反映出行為和態度。在喬治・加洛 (George Gallo) 編劇的影片《午夜狂奔》(*Midnight Run*) 中，賞金獵人傑克 (Jack) 和會計師喬納森 (Jonathan) 的行為與人生態度截然相反。他們的反差特質包括職業選擇、道德選擇、與配偶的關係，甚至是飲食選擇。

喬納森

動脈硬化這個詞你應該不陌生吧？如果你需要，我可以為你列一張均衡飲食表。你為什麼要吃這個？

傑克

為什麼？因為它好吃！

喬納森

但這對你身體不好。

傑克

這我知道。

喬納森

你為什麼要做對自己不好的事呢？

傑克

因為我不去想那個。

喬納森

那你就是生活在逃避中。

傑克

這我也知道。

喬納森

這麼說你知道對自己不好還是做了。這聽起來很愚蠢，你
不覺得嗎，傑克？

傑克

從吉米·塞拉諾（Jimmy Serrano）那裡偷走一千五百萬
才叫愚蠢……

喬納森

我沒想過會被逮到。

傑克

這才叫逃避。

喬納森

我知道。

　　有時，人物的種族背景、經濟階層、應對問題的方式也會產生反差。馬蒂・科漢和布萊克・杭特這樣描述這些戲劇性：「《妙管家》中包含著很多角色的逆轉——藍領和白領、職業女性和家庭主夫的反差，就像紐約與康乃狄克的反差，或是構成上流社會的新教徒和義大利人的反差。湯尼很誠實、直率，有時甚至是遲鈍的。他脾氣很大，容易憤怒。他比安吉拉更易激動。安吉拉會說『讓我們和平相處吧。』她傾向掩蓋事情、控制事情。在某些方面她非常保守，而湯尼則會快刀斬亂麻。安吉拉是個謹慎的生意人，她會保持冷靜，不會跟客戶和上司衝突。湯尼就不一樣，他不會像安吉拉那樣反省自己。他們都是家庭至上的人。而安吉拉——她自己也承認——在廚房裡笨手笨腳，並且可能還竭力維持母親的形象。湯尼是直截了當、嚴肅的。他對孩子很嚴格，而安吉拉對孩子更老派、更守舊、更寬容。她更上進，對自己很有抱負，而湯尼只對女兒有抱負。所以，反差就存在於抱負、目標以及對孩子的態度上。」

　　有時，反差是心理上的。在《雙面嬌娃》中，曼蒂和大衛的反差描寫，在於兩人的內在恐懼，也在於兩人的外顯性格。當然，他們表面上也是頗為不同的。

　　作家卡爾・索特說：「她冰冷，他火熱。曼蒂對情感抱有幻想，而

大衛的情感則是非常直率和表面的。他衝動得多。他們最害怕的就是和某人墜入愛河並被曝光。他們處理的方式有所不同。曼蒂用奪目的穿著和冰冷的外表保護自我，而大衛則用喋喋不休、花言巧語保護自我。這樣，你立刻就得到了兩位在情感暗流中有著密切連結的人物，也掌握了他們那種拔河式的關係。

「他們的某些反差是出人意料的。我們曾經寫過一集，在其中他們展開了一場關於上帝的討論。若基於人物設定，其選擇是顯而易見的——曼蒂對上帝懷有嚴肅而虔誠的信仰，而大衛卻相當不敬。但本劇的主創葛蘭・卡倫（Glenn Caron）卻說：『不，我們要深化他們，要讓他們具有恰好相反的態度。』於是他把兩人的態度對調了，讓大衛虔誠地篤信上帝，而讓曼蒂成為無神論者。這比之前的想法更奏效——因為它出乎你的意料。

「在他們對同一位客戶的反應中，你也能發現差別。在戴博拉・法蘭克和我寫的一集中，有個女人走進偵探社，聲稱自己是個妖精。大衛馬上就相信了，而曼蒂則覺得她是個瘋子。他們對生命有著不同的態度。在這一集裡，曼蒂對大衛說：『你的靈魂中沒有詩意，你既粗魯又沒文化。』大衛基本上是這麼反駁的：『你對詩歌、畫展的感覺全是虛假的，全是形式上的。你對浪漫和詩意的感覺也是虛假的。你就是那種不會為奇妙仙子（Tinker Bell）[1]鼓掌的人。』」

這種反差也延伸到驅動他們的心理因素中。正是對人物的情感生活、他們的恐懼和弱點的理解，使觀眾進入了人物的心扉，幫助他們透過假面看到了底下的傷害和溫柔。

即使在短小的廣告中，人物也經常通過反差得以創造。有時，這種

---

1 譯註：奇妙仙子，童話人物，彼得・潘的夥伴。

反差是物理上和功能上的。在「巴特斯與傑姆斯牌」（Bartles & Jaymes）冰酒器廣告中（創作者是哈爾・賴尼〔Hal Riney〕），我們見到了兩位樸素的農場主——艾德（Ed）和法蘭克（Frank）。他們就是以反差的方式得到了描寫。法蘭克喋喋不休，而艾德沉默寡言。艾德以頭腦精明著稱，他比法蘭克更聰明（艾德用了「陳腔濫調」這個詞，而法蘭克承認自己不知道那是什麼意思），富於實驗精神。在一則廣告裡，法蘭克說：「艾德從事過一個科學計畫，檢測哪一種食品更適合冰酒器。到目前為止，他發現只有兩種食物不適合。一是大頭菜——那是甘藍的一種——二是糖果玉米（candy corn）。」[2]即使在外形上他們也是有差異的。艾德又高又瘦，而法蘭克是個矮胖子，穿著吊帶褲，戴著眼鏡。

這一系列廣告贏得了克里奧國際廣告獎（Clio Award）——廣告界的奧斯卡，使「巴特斯與傑姆斯牌」成為了最暢銷的冰酒器。而法蘭克和艾德也成為全國最知名的產品代言人。

5.3　如何在兩位人物間找衝突

衝突來自人物的反差。把不同的志向、動機、背景、需求、目標、態度和價值觀強加於對方就可以產生衝突。

有時，這些衝突是心理上的。最能使人物激怒的特質就來自他們的「壓抑面」（甚至是陰影面）。這種對立面的特質，既吸引他們，又讓他們反感。

有時，衝突會由於不夠坦率而產生。誤解會導致衝突。在《歡樂酒

2　原書註：Art Kleiner, "Master of the Sentimental Sell," *The New York Times Sunday Magazine,* December 14, 1986.

店》中，即使是山姆和戴安的初吻也充滿了衝突。

山姆

你不是想要這個嗎，戴安？

戴安

我想要你告訴我，你想要什麼。

山姆

我告訴你我想要什麼……我想要知道你想要
什麼。

戴安

你還不明白嗎？這就是咱們一直以來的問題
所在。咱倆都不會說，不會把事情挑明。

山姆

你說得對。那麼，咱們把事情挑明吧。

戴安

好，你先說。

山姆

幹嘛要我先説？

戴安

你看吧，咱倆又來了。

山姆

戴安，我只要你跟我解釋一件事……你為什
麼不和德瑞克（Derek）在一起了？

戴安

因為我喜歡你多一點。

山姆

真的？好吧，我也喜歡你……比喜歡德瑞克
多一點。

戴安

山姆……

山姆

剛剛這五分鐘讓我覺得，我對我兄弟的一切
嫉妒都不算什麼了。

> **戴安**
>
> 喔，山姆，我覺得咱倆之間要有好事發生
> 了，對嗎？
>
> **山姆**
>
> 對對，你說得對。我猜我們該接吻，對嗎？

山姆和戴安之間沒有任何直截了當的表達，這個吻還要花上七頁來討論才會最終成真。

5.4 人故事如何有力——讓你的人物互相影響

時常能聽到執行製片或製片在問「人物有沒有變化和發展？」在那些最有力的故事中，一位人物可以為另一位帶來衝擊。

卡爾・索特說：「冰冷的曼蒂在大衛的影響下會允許自我放縱。他教會了她溫情，她教會了他紀律。曼蒂讓大衛不那麼膚淺了，讓他成熟了。而大衛則給予了曼蒂一種幽默感。」

在《妙管家》中，安吉拉在湯尼的影響下變得平易近人了，而湯尼也在安吉拉的支持下獲得了更多的信心。照該劇主創的說法，「湯尼今年去上大學了。如果沒有遇到安吉拉，這根本不會發生。我覺得安吉拉也開明一點了。她學會了踢掉高跟鞋，學會了放鬆，她現在是個溫情的人了」。

在電視系列劇中，如果人物完全轉變了，那麼戲劇性也就被毀掉

了。因此，改變最好是最低限度的。而在電影和小說中，在故事的結尾，衝突可以被徹底解決，轉變也可以是完全的。

《雨人》是個關於兩個人互相改變的故事。鑑於雷蒙的情感是相當有限的，挑戰就在於創造出能在這類故事中發生真實轉變的人物。影片運用了我們在本章提到的一切元素——吸引、衝突、反差和轉變。編劇巴利·莫羅解釋道：「第一個選擇在於讓他們成為兄弟，這就把他們凝聚在一起。而雷蒙獲得遺產又加固了兩人的關係。實際上，換了任何別的關係，你都會覺得他們會厭惡彼此。年齡、身高、智力，走路和說話的方式，他們在每個方面都大相逕庭。我覺得，吸引和排斥是兩股動力，而反差就是其直接原因。轉變就在查理厭倦時發生了……他們在車上奔波了六天，比查理能承受的範圍超出了兩天，就是這兩天把他變成了另一個人。

「在影片的進展中，有趣的事發生了。雷蒙也以他那獨一無二的方式，厭倦了查理醜陋的一面——比如語言這種小事。影片開始時，查理經常咒罵。由於被迫去關懷別人，由於遭遇了意外，查理變得文明了。他去掉了自己粗魯的鋒芒，也變得更為敏感。」

練習： 仔細考慮你和朋友、戀人、配偶、親戚的關係。你們的關係中哪些地方符合吸引、衝突、反差和轉變的標準？你和他人之間是否擁有足夠強的動態關係，能否據此創造出一個故事？

5.5 吸引＋衝突＋反差＋轉變＝人物間的「動態關係」

你可以把這些元素——吸引、衝突、反差、轉變，運用於愛情、友

誼、合作乃至任何類型的人物關係的創造中。

在《警花拍檔》中，許多人物間的反差為該劇增添了生命力。其中一些來自對人物的大膽刻畫：

克里絲・卡內 （Chris Cagney）	瑪麗・貝絲・拉塞 （Mary Beth Lacey）
·單身、沒有孩子	·已婚、有孩子
·生活以朋友為中心	·生活以家庭為中心
·被事業支配	·被家庭和個人生活支配
有些反差來自對同一事物的不同態度：	
·代表法律與秩序	·代表人道主義，追求人權
·主張墮胎合法化， 但自己不相信墮胎	·也主張墮胎合法化，自己曾做 過墮胎，認為婦女有權選擇
·反對審查制度， 不願審查色情出版物	·反對色情資訊，受不了一直被 那些貶低女性的圖片轟炸
·反對罷工	·決不會越過警戒線
有些反差來自氣質和情感上的差異：	
·覺得親密關係很難，選擇 獨身	·和丈夫有著溫暖而親密的關係
·容易激動	·很有耐心
·是個工作狂，飲酒過度	·保持著生活中的平衡

請注意，通過這些衝突和反差，人物間的動態關係將變得多麼清晰有力，又存在著多少故事潛力。只要看看這張列表，你就能發現，當面對墮胎、色情、虐待兒童等問題時，她們之間的互相影響所具備的故事

潛力。

　　為了創造與他人具有動態關係的人物，作家需要思考這四類元素。這對任何類型的故事（小說、戲劇、電影、電視劇）都是有效的，而且對於電視系列劇尤為重要。如此才能從人物關係中獲得足夠的素材，周而復始地創造出新的故事。而且，這種思考對創造配角也是有幫助的，因為他們經常會和主角產生互動。

　　當我受邀為電視劇《百戰天龍》的製片和編劇開研討會時，我們就運用了這種思考技巧。我們的目的之一就是拓展其中的一個人物——他之前曾出現過，似乎具有引人興趣的拓展力量。製片們覺得這個人物能為馬蓋先增加其他面向，部分原因也是由於馬蓋先最近顯得太孤立、太形單影隻了。

　　我們想到的這個人物就是科爾頓（Colton）。他是個賞金獵人。我們的計畫是讓他成為馬蓋先的襯托，同時也在劇情過程中使他們發展出友誼。於是飾演科爾頓的演員（理查・勞森〔Richard Lawson〕）便加入了我們。

　　我們使用本章討論過的概念，想出了這兩個人物之間的反差和衝突。列表如下：

馬蓋先	科爾頓
・熟悉鄉村	・不適應鄉村，熟悉城市
・負責	・漫不經心、獨立
・住在船屋上	・住在車上（討厭身處水上，因為他會失控，他會但不喜歡游泳）
・獨居	・孤獨，由於缺乏信任
・先思考後行動	・先行動後思考
・間接、非暴力	・相信槍能直接解決問題

· 內省	· 健談、外向
· 關心過程	· 關心結果
· 素食主義者	· 吃垃圾食物
· 環保主義者	· 亂丟垃圾
· 老練	· 直率

當我們繼續討論人物時，理解科爾頓的背景故事就變得重要起來。其中一部分來自理查的個人經歷，大家都覺得這樣做很恰當。科爾頓在越南曾經做過海軍陸戰隊的醫護兵，理查也是。理查描述，在戰爭中，人們經常會和醫護兵更親近一些，因為處理傷口的就是他們。人們總是找他們尋求建議、分享恐懼，甚至只是聊聊。當科爾頓離開越南之後，他覺得自己再也不想受到人們的依賴了，於是便成為一個超然的孤獨者。

我們又對列表上的想法進行了拓展。科爾頓不喜歡馬蓋先的船──只要不在堅固的陸地上，他就覺得自己要失控。他討厭馬蓋先的責任感，質疑後者總把別人的麻煩背負在自己身上。他對馬蓋先那條醜陋的狗（從一個去世的朋友那裡收養來的）懷有特別的敵意。

儘管不是特別喜歡狗，馬蓋先還是對牠抱有同情。關於狗的討論引起我們另一場關於人物轉變的討論。我們在分析了人物間的互相影響後，形成了一張新的列表，它包括四個主要項目：

· 馬蓋先學會有時也該聽從自己的內心與直覺，而非頭腦。
· 科爾頓學會了耐心，學會了等等再開槍，學會了行動前先思考。
· 馬蓋先接受了科爾頓浪漫的建議，其中有些是很好的建議。
· 科爾頓學會了再次信任他們，學會了團隊合作，懂得有些事不靠
　別人幫忙是做不成的。

當我們在創作科爾頓這個人物時，我們發現馬蓋先也得到深化了。他的態度、弱點和背景故事都在與另一個人物的反差中更形清晰。當然，對於編劇要進一步發展故事而言，我們腦力激盪出的這些點子只是個開始。然而，我們卻發現，在著眼於配角時，也會催生出有關主角的新點子，兩位人物的關係得以深化，讓整部劇得以拓展。

人物間的動態關係越強烈，電視劇就越成功，多年播出的可能性就越大。

5.6　如何寫三角關係

兩個人物通常就形成了一個關係。偶爾，故事也會著眼於三個人的三角關係。這樣的關係很有活力，有時會很可怕，通常也較難創作。它們也適用上述那些概念，並添加其他特定元素。

《致命的引吸力》和《收播新聞》都包括了三人關係。通過分析這些影片，我們有可能獲得一些對這類關係的認識。

這類影片中的關係也是基於反差構建的

在《致命的引吸力》中，貝絲和亞歷克絲是反差的人物。一個快樂，一個抑鬱；一個是體貼的妻子，一個是專橫的情婦；一個以家庭為重，一個是單身；一個對生活樂觀，一個對生活的方向感到絕望和悲觀。

《收播新聞》中的湯姆是個英俊但不太聰明的小夥子。而艾倫（Aaron）則相反，他雖然比較聰明，但對珍來說，他顯得不那麼浪漫。湯姆比較自信，而艾倫比較不可靠。湯姆比較成功，心想事成。而艾倫則在他那短命的目標上——成為一個新聞主播——遇到了可悲的失敗。

在三角關係中，唯一的男性或女性面臨著選擇

　　三角關係中的戲劇性既來自做決定的困難，也來自做決定所導致的後果。

　　《致命的引吸力》的第一幕著眼於丹的選擇。一開始，他要選擇是否和亞歷克絲發生一夜情。第一幕結束時，他決定不再和她見面。這決定成為第二幕和第三幕的基礎。

　　在《收播新聞》中，珍在湯姆和艾倫之間的抉擇貫穿了影片。故事就是關於這一抉擇的困難。編導詹姆斯·布魯克斯說：「我想寫一個真正的三角關係。對我來說，真正的三角關係絕不是明擺著的。通常，在三角關係中，總有一個比較壞的、有缺點的或者中性的人存在，這就使做決定變得容易。我決定不在一開始就決定她最終和哪個男人在一起，我要讓故事自行指明。一旦她和其中一個走近，我就把她帶向另一個。我也不是沒設想過讓她腳踏兩條船，結果就變成這樣了。」

　　編劇的挑戰就在於探索做決定的困難，以及探索這兩種決定各自的潛在吸引力。儘管《致命的引吸力》中，丹很早就選擇了亞歷克絲——無論如何，在第一幕中，她還是個聰明而迷人的女人。她比貝絲更有活力、更有趣，在性方面也更開放。就是這種可能性使丹在第一幕中和亞歷克絲保持著關係。當丹做出了違反這種可能性的選擇，亞歷克絲所做的選擇，就是為她所愛的男人爭鬥。

　　選擇既不能顯而易見，也不能一廂情願，否則三角關係就會受損。如果選擇同時又是道德方面的，人物間的動態關係就會被強化。

　　在《收播新聞》中，珍覺得如果她選擇了湯姆，自己的正直就會受到威脅，當她意識到湯姆在捏造新聞故事時更是如此。在《致命的引吸力》中，丹始終面臨著道德選擇：何時向妻子坦白？怎樣才對亞歷克絲公平？他對這兩個女人的責任何在？

最有效的三角關係中，人物都是懷有意圖、存心參與的

如果某個人物後退，拒絕行動和反應，那麼三角關係就會受損。只有當三方都參與而非僅有兩方時，三角關係才有運轉動力，人物才能導致故事的糾葛和轉折。

在《致命的引吸力》中，丹的選擇推動了情節發展。他的意圖（一夜情）似乎很容易理解，但他忽視了亞歷克絲。第一夜結束時，亞歷克絲想和丹再過一天，並且說服了丹。第二夜後，兩人的意圖發生了抵觸。她要他留下，而他想離開。簡單看來，丹似乎佔了上風，但他還是忽視了亞歷克絲的堅持。她的意圖推動了第二幕的接連事件，並且編織了一張令丹想竭力逃脫的大網。至此，人物關係的焦點似乎落在丹和亞歷克絲之間。但是，貝絲也是一個立體的人物，她對這些事件也有自己的想法和反應。在第三幕的開始，當聽說丹出軌後，貝絲的意圖開始引領著情節，她強迫丹和亞歷克絲了結這段關係。

如果三者中任何一個缺乏意圖，影片就會失效。他們必須各司其職才能產生戲劇性動作。

懷有意圖將導致衝突

在每個雙人關係中，都潛藏著兩個衝突：也就是兩人各自對這段關係所產生的兩種觀點。在三角關係中，它就成了六個衝突。

《致命的引吸力》中，在故事的不同階段，丹分別與亞歷克絲、貝絲產生衝突，貝絲分別與丹、亞歷克絲產生衝突，亞歷克絲分別與丹、貝絲產生衝突。在每個人物看來，這些衝突實質上都略有差異。亞歷克絲想從貝絲手中搶走丹。貝絲想保住穩定的家庭生活，但自尊又使她無法和這個背叛自己的男人繼續生活。丹想保持現狀，但有些東西他已經無能為力了。所有這些衝突都很複雜，而從每個人物的觀點來看又是很

容易理解的。由於創作者有能力對每個人物的內在和外在動力進行探索，故事中便不斷有危機產生，每個危機又都導致了行動的糾葛和轉折。

每個衝突都揭示出人物的不安、性格缺陷、糟糕的決定和絕望的情緒

　　沒有任何人物是完美的——他們都被各自的心理因素驅使，被生活中懸而未決的問題驅使。

　　在《收播新聞》中，珍從來搞不清自己要的是誰。她很武斷，著迷於工作，很會為自己著想。艾倫有身分認同危機，意識不到自己沒有成為新聞主播的才能。他有時會任性、不安，甚至是執拗。而湯姆已經不再為正直做內心鬥爭，相比於珍和艾倫，他已經變得不那麼聰明、警醒和關懷他人了。正如詹姆斯·布魯克斯解釋的那樣，「為了得到三個有缺陷的人物，為了讓他們真實，我費盡了心機。我可以告訴你這些人物究竟錯在何處，他們的心靈又需要做哪些彌補。湯姆不夠格做這份工作，他缺乏企圖心，不會奉獻自身，但他風度翩翩、感情豐富、舉止得體，認為人生應當是美好的，也認為責任始於家庭也終於家庭。艾倫很聰明，樂於奉獻，非常正直，但身上有種知識分子的自命不凡，會誹謗別人。珍瀕臨強迫症邊緣，但她有很強的企圖心，有求必應。她是如此正確、如此特別，總是被頭腦支配而非支配頭腦——這又是一種強迫症行為。所以說，我是從人物的缺陷出發去思考他們的。但我也一直試圖找出使人成為英雄的原因——這些人有什麼不一樣的特質？我覺得，軟弱出自我們自己、或說出自我們自己的想像，而理解人性中英雄的一面，則是勞時耗神的。」

　　人物的缺陷有時是故事的催化劑。當然，丹選擇小心翼翼地出軌仍可被看作性格缺陷。珍也由於自身的不完美而不能做出選擇。

這兩部片的三角關係，都因人物的複雜度而更加茁壯，這些人物為自己爭鬥、有著自己的情感驅使因素，且存心參與這段關係。

人物的缺陷和不完美，時常是由於當中至少一個人物被自己個性中的「陰影面」驅使

《致命的引吸力》中的丹是一個傳統的、幸福的已婚男子，是個和善的人。但他個性中有欺詐、遮遮掩掩、淫慾的陰影面。也正是這些陰影面，而非幸福、已婚、忠誠、顧家的因素吸引了亞歷克絲，亞歷克絲表面上是個迷人、性感、有權勢的職業女性，但她的無意識卻被不安和絕望驅使，因此她便誤解了丹對她的回應。

在創造三角關係時，通常一個人物（也許不只一個）會被陰影面驅使。在《收播新聞》中這不太明顯，但在許多具有三角關係的故事中卻很明確，例如《歌劇魅影》（Phantom of the Opera）和《危險關係》。

《危險關係》中的德‧杜維爾夫人非常善良，但她的陰影面（淫蕩和欲望）把她推向和瓦爾蒙發生關係。頗為令人稱奇的是，瓦爾蒙的陰影面正是善良。這非常罕見，因為陰影面通常被認為是個性中黑暗或負面的一面。但技術上來說，陰影面只意味著「處於黑暗中的」或被壓抑的個性。就瓦爾蒙而言，他的天性有正派的一面，在德‧杜維爾夫人的喚醒下，他有了感受愛和給予愛的能力。在他個性中，有意識的一面是欺詐和專橫，而無意識的一面則包括了愛、同情和關懷。

當人物之間存在隱情時，三角關係會得到強化

動機可以是隱蔽的：貝絲不知道亞歷克絲正在積極尋求把她丈夫從她身邊奪走。行動可以是隱蔽的：珍不知道湯姆偽造了新聞故事。態度也可以是隱蔽的：貝絲不知道丹迷戀上了亞歷克絲，珍也不知道艾倫愛

上了她。

　　有時，被隱蔽的是人物的心理特質，它驅動著人物和故事卻不為本人所知。亞歷克絲也許意識不到絕望對她造成的影響，意識不到自己對丹的投射來自對這一關係的誤解。她的心理因素使故事更加複雜。

　　這些隱蔽的特質——無論是內在的還是外在的——都有把人物驅向危機的潛力。在這類故事中，揭示的時機是重要的——此時，隱蔽的東西被發現了。當貝絲發現了亞歷克絲，貝絲的行動對她的婚姻造成了危機；當珍發現了湯姆不正直的行為，這也在兩人的關係中造成了危機。

　　設計三角關係就像手技雜耍，你必須讓手中諸多物件不斷拋耍、不讓掉落。我遇到的一些最棘手的劇本問題就包括了創造三角關係。要歸類並搞清它們，編劇有很多工作要做。然而，儘管它很複雜，但某些最有力的人物關係正是來自於此。

5.7　編劇現場：《歡樂酒店》
——再多角色也不怕！教你如何拍好「群像劇」

　　《歡樂酒店》是電視系列劇的典型，它已多次更新關於人物驅動力的討論，並在其漫長的歷史中發生了好幾次變化。該劇 1982 年秋季首播，在 1984–1985 的播出季中，主要演員之一、飾演「教練」（Coach）的尼古拉斯·柯拉桑托（Nicholas Colasanto）去世了。該劇的主創們覺得最好有個能替代他並保有相同動力的人物出現。1987 年，飾演戴安的雪麗·朗（Shelly Long）離開了該劇。主創也必須考慮為該劇創造一個新的、具有動力的人物作為替代。

　　主創之一詹姆斯·布洛斯（另外兩位主創是葛蘭·查爾斯〔Glen Charles〕和萊斯·查爾斯〔Les Charles〕）和一個執導當中許多集的導演

解釋了這一過程：

「我們想做一集關於運動酒吧的，想創造出屈賽－赫本式（Tracy-Hepburn）[3]的關係。我們喜歡人物關係中有反差：上城區小姐（Miss Uptown）[4]、下城區先生（Mr. Downtown）[5]；實用主義者、理想主義者；聲稱『辦不到』的男人、聲稱『辦得到』的女人。這種衝撞誰都知道。這樣才能成就好姻緣。本劇的最初想法是一個姑娘擁有酒吧，而一個青年為她工作。但是，當劇本寫成的時候，編劇們有了另一個想法：一個大學生閒逛進了一間酒吧，經營者從前是個運動狂。

「我們進一步定義人物，這樣便創造了前酒鬼山姆，此外我們又賦予戴安一個去世的父親和一隻在第一年就死去的貓。在讓他們分分合合中，我們又賦予他們的性格新的動力。

「在創造這些人物的過程中，挑戰就在於，要保持戴安既是『上流社會』又有同情心，同時要保持山姆既是『運動狂』又不太笨。

「我們同時決定把它弄成一部不斷發展的情境喜劇，人物在劇中一直在變。大多數情境喜劇是不發展的，因此不是所有評論家都喜歡這個。但是我們喜歡，並且發現，給予人物的定義越多，可以探索的東西也越多。

「這就是我們嘗試的東西。於是，他們寫完了劇本。劇本很妙，而且我們也幸運地找到了兩位能產生絕佳化學反應的演員出演本劇。就是這樣，選角過程非常走運。這兩個人使人物活起來了，從此人物就比酒吧更重要了。

3　編註：凱薩琳・赫本（Katharine Hepburn）和史賓塞・屈賽（Spencer Tracy）是好萊塢電影界傳奇情侶，他們共同主演了九部電影，並有一段長達二十六年的戀情。
4　譯註：上城區，指城市中的住宅區。
5　譯註：下城區，指城市中的商業區。

「我們也嘗試在配角間創造有力的關係。我們總感到卡拉（Carla）很為山姆吸引——曾經是，現在還是。我們也感到她總和戴安產生衝突，因為山姆喜歡的是戴安。她會挑剔戴安，而你則會為卡拉感到難過，這樣她便擺脫了來自觀眾的敵意。現在，這些人物驅動力經過了多年的發展，已經變得精妙。我覺得，卡拉下意識中覺得戴安比她更聰明。戴安可能受過更高的教育，而卡拉則具有街頭的智慧。戴安的家庭生活很幸福，而卡拉不是。卡拉擔負著很多孩子，而戴安是自由的。

「情境喜劇是被人物衝突驅動的。開始時，山姆和戴安間的化學反應驅動著本劇，此外還有卡拉對山姆的反應、眾人對克里夫（Cliff）的反應以及克里夫的吵鬧等等。由於有了這些人物，我們就可以製作簡單的一集，比如戴安向山姆借錢，可戴安在還錢之前就先給自己買毛衣和外套，而山姆的反應則是『她幹嘛不先還我錢？』

「由於雪麗離開了本劇，我們又回到了舊的設定上——擁有酒吧的女人。人人都愛山姆。這就是本劇的入場券。如果我們失去了他，那麼本劇就做不成了。這是山姆的酒吧，他才是令人愜意的那一個。當克絲蒂（Kirstie Alley，飾演蕾貝卡）加入以後，我們便回到了人人都重要的狀態——本劇現在更像個大合唱了。

「當我們開始創造蕾貝卡這個人物時，曾經把她設想為一個潑婦。但我不覺得有別的人比雪麗更有趣，所以我們決定不要喜劇演員，不要金髮女郎，也不要再來個女侍。克絲蒂是我們見的第一個女演員。我們的選角導演傑夫・格林伯格（Jeff Greenberg）進來說：『我給你們找到了一位女士。』於是克絲蒂就給我們念了點東西。她身上有種柔弱的特質，我們都沒見過或想過這樣的角色。我還記得泰迪（Teddy）聽她念完之後說他想擁抱她。所以，我們考慮了一下，認為這是一條新路，或許還會是條很棒的路。

「在我們的人物描述中，克絲蒂又增添了神經質和恍惚輕率的特點。本劇因此而獲得了新生。

「當我們看到蕾貝卡的方向時，我們便開始創造背景故事。我們發現她上過康乃狄克大學，有個綽號，做其他工作都不成功。

「通過這個新人物，一系列新的人物驅動力在蕾貝卡和山姆之間創造出來。我們覺得讓她對山姆不感興趣，而後者感到難以置信會很有趣。當然，他對她的反應就像對其他姑娘一樣：『只要我願意，我隨時能擄獲她的芳心。』我們在山姆和戴安之間沒有取得多少進展——他們的性格在兩年間沒怎麼變化——雖然他們成了朋友。

「蕾貝卡也改變了其他人物之間的動力。蕾貝卡和諾姆（Norm）的關係不錯，並且彼此關心。我們覺得應該找一集讓蕾貝卡講講她自己。如果讓山姆來執行這項劇情功能，他便會想和蕾貝卡上床。所以，我們認為讓諾姆和她談更有意思。他沒有隱蔽的動機，也善於傾聽。這樣我們就能多獲得一些有關她生活的資訊。

「卡拉略微吃了點虧。蕾貝卡成了她的上司，而她卻不能反擊。所以，她們的關係不像卡拉和戴安的關係那樣有動力。但是我們給卡拉安排了一個丈夫，這樣她就可以和他鬥了。

「由於尼古拉斯·柯拉桑托在開播第三年時去世了，所以我們也必須替換他。我們知道他患病已經一年了，也花了一些時間考慮對策。我們必須有一個酒保，別無選擇。我們不想要老的，我們想要年輕的。《天才家庭》（*Family Tie*）得到了大量的年輕觀眾，領先我們，所以我們也得年輕化才行。我們必須加緊腳步，因為在劇中尼古拉斯是負責鬧笑話的。在喜劇中安置一個脫線人物總是很有用，你可以讓他們鬧笑話，並順理成章對他們解釋剛剛發生的情節。這是個很好的寫作手段。於是，我們決定要一個農家小子。伍迪（Woody）並不符合概念。概念上他本

應是個長著大牙的瘦小子，而伍迪則是一個做作的農家小子，有點歇斯底里。毫無疑問，他是最棒的。

「伍迪和『教練』很相似——他們鬧一樣的笑話。你的確失去了尼古拉斯那樣的『父親形象』，而你卻得到了伍迪，他更像一個兒子。但你還是失去了別的什麼。

「在本劇中，我們做過很多改進和改變。這些變化能夠奏效簡直是奇跡！」

實作練習課

我探討的這些概念適用於任何類型的關係。無論是主角之間，還是配角之間，創造人物間有力的動態關係能給你的故事帶來生命和刺激。當你思考自己的人物時，問你自己：

· 我的人物之間有無衝突？它是否通過行動、態度和價值觀表現出來？

· 我是否為人物做出反差，讓他們彼此得以區分？

· 我的人物是否有轉變彼此的潛力？觀眾或讀者是否理解兩人是不可分離的。他們彼此之間的吸引是否清晰？彼此間的影響是否清晰？

小結

戲劇本質上就是關係。它極少是關於一個人的，通常是關於人們的互動和影響，而結果就是這一互動將導致人的轉變。

少了充滿動態的關係，人物就會變得平淡無趣。衝突和反差為人物之間提供了戲劇性，並且證明人物關係可以和任何單一人物一樣引人注目、令人難忘。

06
如何寫配角

　　添加配角可以為故事增色。正如畫家不斷添加細節使畫作完滿一樣，作家也通過添加配角賦予故事深度、色彩和質地。

　　很多適用於主要人物的原則同樣也適用於配角。人物需要合理性，需要有自己的態度、價值觀和情感，而且往往需要具有矛盾性。

　　但其中還是有些重要差異。設想一幅描繪婚禮的畫作：新郎和新娘這兩個主要人物周圍充滿了細節。其中有許多人物，大多缺乏特徵，但也有幾個得到了鮮明而完整的描繪。例如，前景中有個紅衣女郎正在和闖入場景的小貓玩耍；趾高氣揚的牧師站在教堂台階頂端，把一切盡收眼底；而新娘的母親則穿著一套亮黃色的蕾絲禮服，在女兒身邊徘徊，喜極而泣。

　　在這一場景中，配角和主要人物一樣令人難忘。儘管有些配角缺乏特徵（比如作為「臨演」的賓客們），但也有一些配角使故事講述得更加完滿，並且拓展了愛情與婚姻的主題。

　　在很多情況下，配角會在故事中反客為主，甚至比寫作者原初打算的更具重要性。有時，這會使故事得到改進。在電視劇中，配角經常會成為觀眾最喜愛的人物，例如在《歡樂時光》（*Happy Days*）、《天才家庭》

中，方茲（Fonz）和亞歷克斯（Alex）就成了最受關注的角色。

《歡樂酒店》主創詹姆斯・布洛斯（James Burrows）說：「如果你有了一個很好的配角，那你一定要把他用足，不要因羞怯而回避他。戴安的男友弗雷澤（Frasier）是我們在第三季加入的人物，本來我們只是想利用這個人物把戴安帶回酒吧，結果他卻變得妙不可言，於是我們就繼續寫他。」

劇作家戴爾・沃瑟曼（Dale Wasserman）贊同道：「有時配角會比主要人物更有趣，這是因為，主要人物負擔著推進故事的責任，而配角就沒有，因此往往會變得更生動有趣。」

但有時這種反客為主是危險的。如果配角不知道他們的位置，故事就會失去平衡。為了更能理解配角的定位，我們不妨考察一下創造配角的過程。這一過程包括：

· 決定該人物的功能。
· 為了讓該人物執行功能，這個人物須與其他角色形成反差。
· 添加細節，充實人物。

6.1　配角的功能

開始時先問自己「除了主角，誰在講述故事的過程中必須出現？我的主要人物周圍，需要環繞著什麼樣的人？」

通過澄清這些問題，你可以避免在故事中隨意添加人物，而且也會開始理解「需要誰，不需要誰」。澄清問題的目的，在於取得主要人物和配角間的平衡，而不是無止境地增加人物，導致故事混亂。

一個配角在故事中可以承擔很多功能，其中包括：協助定義主角的

角色、傳達故事主題、協助推動故事。

配角有助於定義主角的角色和重要性

如果人物是通過角色和職業得到定義（例如母親、公司總裁、餐館收銀員），那就需要創造一些環繞在他們周圍的人物使角色明確。

母親需要孩子來顯示她們是真正的母親。公司總裁需要副總裁、祕書、司機和保鏢。餐館收銀員身邊有服務人員、餐廳經理、廚師、雜工和顧客。使用多少這類人物、以及對這些人物強調的程度，都取決於故事的需要。但沒有他們，主角的地位就不會明確。

當《夜鷹熱線》創始時，編劇們顯然需要為傑克‧基利安創造出一些工作夥伴。該劇的主創理查‧狄萊洛（Richard DiLello）解釋說：「我們創作了三個配角：首先，他必須要有個精明的接線員幫他接電話，在劇中這個人是比利‧波（Billy Po）。再來很顯然，對這種犯罪故事來說，在警局中擁有線人是很有幫助的，那麼還有誰比他的前指揮官齊馬克（Zymak）探長更合適呢？電台節目製作人戴文是他的拯救天使，她必須開朗、迷人、聰明，並且和他一樣堅強。」

請注意在下面這個場景中，節目製作人戴文、接線員波是怎樣執行他們的功能、支持主要人物的。

> 傑克‧基利安正在溫習節目大綱。他抬頭看一眼控制室裡的比利‧波。比利打開電腦。傑克拿起節目大綱，扔進廢紙簍。
>
> **戴文**
> 你在幹嘛？

基利安

我沒法念這些廢話。

戴文

沒法念是什麼意思？

基利安

讓我發揮吧⋯⋯

戴文

不行，對不起。我給你寫了這個⋯⋯

基利安

你真覺得我們有時間討論這個嗎？

基利安對著「播送中」的信號燈點了頭，彷彿它有生命似的。戴文無奈地、深深地嘆了口氣，俯向麥克風。

戴文

午夜時分，戴文・金在 KJCM 電台為您廣播，FM 98.3⋯⋯今晚，在 KJCM，我們很高興宣佈，《夜鷹熱線》誕生了。這檔新節目會把您牢牢釘在駕駛座上⋯⋯傑克・基利

安最近重返平民生活。他將會接聽您的來電，回答您關於警務工作與程序的問題……需要聲明的是，傑克·基利安的觀點既不代表舊金山警局……

戴文

……也不代表 KJCM 管理層的政策。

波

這裡是 KJCM 電台，《夜鷹熱線》節目。感謝您的來電，請問怎麼稱呼，從哪打來的呢？

戴文

好了，閒話少說，我們很高興向您介紹傑克·基利安——

基利安

夜鷹！

戴文瞪了傑克一眼，一字不停地繼續說。

戴文

我們《夜鷹熱線》節目的主持人。

（稍後……）「播送中」的燈滅了。戴文轉向傑克。

戴文

夜鷹？

基利安

對，你喜歡嗎？

戴文

不太喜歡。

配角有助於傳達故事主題

　　大多數編劇都想通過故事和人物表達出他們認為重要的、有意義的東西。配角就是表達主題的良機，而且不至於使故事顯得囉嗦和賣弄。

　　要這樣做的話，編劇首先要仔細考慮主題。主題可以是關於身分認同、正直、溝通、專制、榮譽、愛情以及任何其他概念。一旦設定了主題，每個人物都可以表達它。

　　《凡夫俗子》是一個關於追尋身分認同與意義的故事。小說作者茱蒂絲・蓋斯特解釋說：「正如康拉德和喀爾文因面對生活中的悲劇而有能力轉變一樣，另外一些人物則膚淺地生活著。他們代表著『未經檢視的人生』。所以說，在某種程度上，每個人物各自體現了主題的兩面。心理醫生伯格、喀爾文、康拉德、珍妮（Jeanine）和卡羅（Carole）讓『經過檢視的人生』這一概念豐富起來——這些人活得更有深度。而史提爾曼、雷（Ray）、貝絲則顯示出某些人膚淺的生活，不願（或無力）去轉變。」

《飛越杜鵑窩》探索的主題是對權威的反抗。相關主題包括壓迫、暴政和培力（empowerment）。

　　該片的配角傳達了恐懼、渴望安全、壓抑的情緒和強烈的期盼。三個不同的配角用各自的陳述展開了這些主題。

　　史皮維（Spivey）醫生是壓迫統治的一部分，同時也是拉奇德（Ratched）護士暴政的走卒。[1]

史皮維醫生

治、療、式、溝、通。也就是説，這個病房是個小型社會。社會決定誰是瘋子，誰不是。你必須符合標準。我們的目標是建立一個完全民主的、由病人自治的病房，使你復原並適應外界。重要的是，不要讓心中留有任何引起怨恨的東西，要説話，要討論，要坦白。如果你聽到別的病人有什麼特別言論，就把它記在登記簿上，以便我們都能看到。你知道這個程序叫什麼嗎？

麥克墨菲（Mcmurphy）

告密。

　　病人哈丁（Harding）意識到自己的軟弱，卻對此無能為力。

1　原書註：Dale Wasserman, *One Flew Over the Cuckoo's Nest* (New York: Samuel French, 1970), pp. 22, 27, 38.

> ### 哈丁
>
> 我的朋友，這個世界是屬於強者的。兔子知道狼的強大，所以狼來了牠就挖洞躲起來。牠不會向狼挑戰，麥克墨菲先生……我的朋友……我不是小雞，我是兔子。我們大家都是兔子，在迪士尼世界裡蹦蹦跳跳。比利（Billy），圍著麥克墨菲先生跳兩下。雀斯韋克（Cheswick），讓他看看你有多憤怒。啊，他們都害羞了，多可愛啊。

哥倫比亞河流域的印第安人，酋長布朗登（Chief Bromden），清楚看見這種壓迫，但覺得自己「不夠大[2]」去對抗它。

> ### 布朗登酋長
>
> 我幫不了你，比利。我們都不行。只要一個人幫助了別人，他就失去了防備。麥克墨菲不懂這個——我們想要安全。所以沒有人抱怨煙霧。就算它很糟，你卻可以溜進去並感到安全。

每個人物都例證了壓迫主題的不同部分。史皮維醫生是權威的代言人，要求人們隨時告密。哈丁和布朗登是不願反抗和渴望安全的代表。

---

2 譯註：片中這個人物是巨人。

配角可以成為催化劑式的人物，傳達資訊並推動故事發展

《證人》中的山繆為約翰・布克提供了破案所需的資訊。

布克

我是個警官，山繆，我要你告訴我，你在那裡看到了什麼？

山繆

我看見他了。

布克

你看見誰了？

山繆

有人殺了他。

布克

好的，山姆。你能告訴我他長什麼樣嗎？

山繆

（指著約翰的搭檔卡特〔Carter〕）

就像他一樣。

布克

那麼他是個黑人了。他的皮膚是黑的嗎？

山繆

但沒有那麼「矬豬」（schtumpig）。

布克

什麼意思？

瑞秋

在農場裡，一窩小豬仔就叫「矬豬」。也就是小畜牲。

6.2 配角如何增添故事色彩與質地

在故事中創造何種人物來執行功能並非是任意的決定。一旦你知道需要誰，下一步就是決定什麼樣的色彩和質地將會完善故事的設計。你有很多不同的選擇。

反差能夠給予人物最有力的刻畫

這一反差存在於配角和主角之間。人物間的反差可能是生理上的，比如膚色深淺、體態笨重或苗條、快或慢；也可能是態度上的，比如憤世嫉俗或樂天、純真或世故、敵意或隨和、激情或冷漠。

人物反差對群戲式的故事更為重要。《洛城法網》（*L. A. Law*）的製

片暨編劇比爾・芬柯（Bill Finkel）說，該劇在構建人物時加入了很多反差元素。其中一些元素也被認為用在主角可能比用在配角好，僅管如此，比爾說，他還是不知道如何為人物們打造出有意義的區別。以下是他們得出的結論。

「他們對待工作的態度存在反差。布拉克曼（Brackman）是管理者，關注於保持事務所良好的財務狀況。而庫薩克（Kuzak）更具意識形態傾向。他的興趣更積極、更道德化、更政治化。貝克（Becker）是激烈的唯物主義者，甚至是個自我中心主義者，比事務所中其他人更關心自我發展。馬科維茲（Markowitz）作為會計師與稅務律師，他交融出一種特定的精神底線。凱爾茜（Kelsey）具有社會意識和女性主義本能。

「他們在種族和階級上也有反差。維克多・西西芬提斯（Vitor Sisifuentes）是西班牙裔，來自洛杉磯東部。他的衝突，來自他在洛杉磯盎格魯商業區法律界的成功。他單身，長相英俊。他也有社會意識，基本上有進步思想。馬科維茲是中上階級猶太人，年齡更大一些，已婚，四十歲才成家。他也是個注重精確的人，細節至上，控制欲強。他有能力掌控局面，並且痴迷於列舉出一切選項和備案，這種能力簡直讓人窒息。

「麥肯錫（McKenzie）是大股東，大約六十歲。在人生的這一階段，有些事對他更具重要性。作為一名大股東，他在事務所中很有權力。

「喬納森・羅林斯（Jonathan Rollins）是黑人，屬於中產階級，這就使他和那些康普頓出身的黑人有區別。祕書羅珊（Roxanne）總是渴望找到一份可靠美好的愛情。在事務所中，她錢賺得少，這就使她與同僚律師相比，處於不同的物質生活和階級。

「單身和已婚人士之間也存在反差。羅林斯和西西芬提斯單身。凱爾茜和馬科維茲已婚。艾比（Abby）和布拉克曼離異。艾比是位單身母

親。凱爾茜和馬科維茲正處於建立家庭的過程中。

「人物在價值觀上也有反差，比如社會意識和唯物主義的對立。庫薩克在刑事系統工作。他和西西芬提斯會為有罪的強姦犯做代理人，而婚姻法律師貝克對代理這種人毫無興趣。

「他們的生活方式也有反差。這其中包括他們穿的衣服（貝克非常時尚）、開的車（葛蕾絲・范・歐文〔Grace van Owen〕開一輛經典BMW）、住的房子、家裡和辦公室的家具樣式等等。西西芬提斯在辦公室掛了一幅迪亞哥・里維拉（Diego Rivera）的海報。貝克的家具是冷色調、誇張、現代派的。而凱爾茜的辦公室有種西南部風格的舒適感，甚至不像間正式的辦公室。」

配角也能通過反差得到揭示。

在影片《戰爭遊戲》（*War Games*）中（勞倫斯・拉斯克〔Lawrence Lasker〕、沃特・帕克斯〔Walter Parkes〕編劇），有兩位配角向主要人物大衛提供了入侵電腦的資訊。

本來這兩位人物可能是乏味而平淡的。但作者有節奏地添加了具有反差感的小細節，創造出了一個有趣場景。

馬文（Malvin）被描寫為「瘦削、亢奮、壯年」，吉姆（Jim）被描寫為「體重超重、衣著邋遢、態度有些傲慢」。馬文的神經質和吉姆的從容形成反差。

大衛（David）

我要你看個東西。

馬文

這是什麼？……你從哪兒搞來的這個？

大衛

我試圖駭進「第一幻影」（Protovision）……我想得到他們
新遊戲的程式。

吉姆伸手去拿那張紙。

馬文

等等……我還沒看完呢。

但吉姆已經拿起來了。他掃視著紙，從那又厚又髒的眼鏡後
斜視著。

吉姆

全球熱核戰爭（thermonuclear war）……這不是「第一幻
影」的東西。

馬文

我知道不是……問他從哪兒搞來的。

大衛

我告訴過你們。

馬文

一定是軍方的。絕對是軍方。也許是機密檔案。

大衛

如果是軍事程式，為什麼要弄得像是 21 點或是西洋棋？

吉姆

也許他們用遊戲教授基礎戰略。

珍妮佛（Jennifer）困惑地看著這群怪人。

馬文

她是誰？

大衛

她是跟我一起的。

馬文

她幹嘛站在那兒⋯⋯她站在磁帶機旁邊⋯⋯別讓她摸。這

套東西可費了我不少事。

吉姆

如果你真的想搞懂，查明那個系統設計者的一切⋯⋯

大衛

得了，我怎麼可能查到設計者的身分？

吉姆沉思起來。馬文不耐煩地插嘴。

馬文

你們太笨了。我才不信。我打賭我有辦法，我搞明白了。

大衛

是嗎，馬文？你說怎麼做？

馬文

首先是列表上的遊戲，笨蛋。我要進入
法爾肯迷宮（Falken's Maze）。

　　儘管這個場景很短，馬文和吉姆也不會再出現，但還是要注意他們
的差別。這個場景本身只是個簡單的過場，其目的只是傳達資訊，使故

事得以繼續。但人物卻提供了趣味，並使場景引人入勝。

練習： 思考如何在兩個律師、兩個員警、兩個雜技演員、兩個木匠、一對雙胞胎兄弟之間製造反差。

有時，我們也可以故意使人物相似

就算不運用反差的色彩和質地，同樣色調的人物也能奏效。例如，在《亂世佳人》中，郝思嘉的求婚者們都沒什麼差別，這樣才使白瑞德顯得與眾不同。

反派與其手下經常是相似的，歌舞劇團的舞者、水手、辦公室職員也是一樣——當人物僅具背景功能，你就要選擇忽視他們。

有時，拓展甚至誇大人物的某一特徵，某種程度上便充分定義了人物

對滑稽人物而言尤其如此。《笨賊一籮筐》中，阿奇（Archie）的妻子溫蒂（Wendy）被描寫成一個總是極度沮喪的人。對她來說，事事都不如意：車爆了胎、女兒波希婭（Portia）長青春痘、餐具上到處是裂痕、不太會打橋牌、飲料裡沒加冰塊——溫蒂的生活從不順遂，總是一團亂。

誇大的特徵可以是外表上的。在《前進高棉》（*Platoon*）中，巴恩斯（Barnes，湯姆·貝倫傑〔Tom Berenger〕飾演）的外貌描寫是「有一道傷疤」，這暗示他飽經磨難。在性格上，這一特徵暗示著他冷酷、報復心強，靈魂遭到了扭曲和腐蝕。

有時，配角由個性中的反差和矛盾所定義

這可以為人物添加難忘的一筆，給予其額外的面向。在詹姆士·龐

德系列電影《黎明生機》（*The Living Daylights*）中，反派（由喬‧唐貝克〔Joe Don Baker〕飾演）是一個具有兒童行為的成年人，喜歡玩玩具兵。這一細節使他脫離了常見的反派類型。

在系列片《金牌警校軍》（*Police Academy*）中，警隊長喜歡金魚。在《空前絕後滿天飛》（*Airplane!*）中，有一個會說黑話的中產階級女人，還有一個修女不介意對陷入恐慌的女人飽以老拳將其打醒。

這種筆觸儘管粗略，但卻能增加幽默，為那些很少成為焦點中心的人物增加面向。

然而，把人物寫得滑稽也有危險。我們都見過跛瘸、面部抽搐或帶傷疤的人物。這種細節被創造出來只是為了增加趣味，而對深化人物、完滿故事毫無幫助。它們沒有帶來新的資訊，而只會限制角色並造成混亂，最後顯得可笑。

滑稽人物在有利於故事時才會起到最好的效果，而且其存在必須具有說服力。在《笨賊一籮筐》中，奧托讀尼采是為了證明自己不蠢。在《空前絕後滿天飛》中，危急的情境導致了混亂和驚慌，而說黑話的女人和打人的修女，其功能就在解決問題。

有時，人物的色彩和背景，可以創造出一種人物類型

人物類型並不意味著拘泥於刻板印象。他們並非是以角色、性別或種族背景來定義的（例如「笨祕書」和「冷酷的黑人」），而是以行動來定義的。他們有意地被賦予籠統的描繪，以便容易被觀眾辨認出來。

在整個小說史中，作家們都依賴人物類型。在羅馬戲劇中，人物類型包括自大的士兵、迂腐的學者、寄生蟲、愚蠢的父親、潑婦、紈絝子弟、狡猾的奴隸、詭詐的男僕、小丑、魔術師和鄉巴佬。而在後來的戲劇裡，我們也見過詭詐的女僕、痴情的少年以及傻瓜。而通俗劇則把人

物類型運用到極致，向我們呈現了諸如撚著鬍子的壞蛋、英俊的英雄、可愛的小東西等平板人物。

在上述的情況中，定義性的特徵——愚蠢或迂腐等——並不代表「所有的父親都是愚蠢的」或「所有的學者都是迂腐的」，而是意味著在更大的類別——父親和學者中，有一種特殊的類型是愚蠢或迂腐的。儘管在很多故事中，人物類型是重要元素，但刻板印象的人物只會限制故事（在第九章中我們將更為詳細地討論刻板印象）。

有時，使用類型是很重要的。「當你為電視系列劇創造配角時，」詹姆斯・布洛斯說，「你要試著使他們準確。如果你寫了個惡霸，你選角時就要真的找個這樣的演員。如果你選了一個真正的惡霸，但看起來不像，觀眾就要花很多時間才能搞清楚這個人物。如果你選了一個大家一眼就能認出的惡霸，你只要讓他區別於其他人物，並讓他有趣就行了。」

人物類型既可以被粗略刻畫，也可以被極盡細緻地刻畫。莫里哀《偽君子》（*Tartuffe*）中的達爾杜夫（Tartuffe）就是一種人物類型——疑心病性格。《哈姆雷特》中的波洛涅斯（Polonius）也是一種——昏聵的父親。兩者都具有極多細節。

當劇場導演暨戲劇教師史坦尼斯拉夫斯基和演員們工作的時候，他鼓勵他們為人物雛形加入大量細節。他認為這一過程有助於創造人物類型。

「在舞台上，可以籠統地描寫人物，比如一個士兵。舉例而言，作為籠統的角色，一個職業士兵會站姿筆挺，走路時會邁著行軍的大步而不會像普通人那樣走路，還會碰撞腳跟讓靴刺發出聲響，說話時習慣用響亮的、咆哮式的語調……但是，不能過分簡化……這種描寫只能被看作雛形而非人物……這些都是傳統的、無生命的、陳腐的描寫……不是

活人，只是慣例中的形象。其他一些演員則具有敏銳的觀察力，能從既有的通用人物類型中選擇更細緻的分類。他們能夠分辨軍人，區別出普通部隊、近衛軍、步兵和騎兵。他們認得士兵、軍官和將軍……還有些演員會根據觀察，加入更深入、更細緻的認識。這樣，我們便得到了一個有名有姓的士兵——伊凡‧伊凡諾維奇‧伊凡諾夫（Ivan Ivanovich Ivanov），他擁有不同於其他任何士兵的面貌。」[3]

儘管在劇本中加入停頓、姿態、交換神色並非是作家的本職（這是演員的工作），但還是要有些超越普遍性、對人物本質的明確定義。演員不是在表演普遍性，一個普通人物無法吸引演員出演角色，也無法吸引讀者讀書。

6.3　配角也需注入生命

通過理解人物功能，並為其添加色彩和質地，你已經快要創造出一個真實人物了。但還是有必要添加根據你自己的觀察和體驗得到的細節。

有時，這就意味著把你自己放進人物中去。加州葡萄乾（California Raisins）廣告的創作人塞斯‧沃納（Seth Werner）說：「很多人都說，我放進廣告裡的人物有一點像我自己。有人甚至說，在那些跳舞葡萄乾的線條中，也能發現我。那正是我走路和跳舞的樣子。這則廣告有點反常規，裡面有點個性和魔幻的東西。我們的動畫師用黏土製作葡萄乾的時候，你可以看到他們對著鏡子，做出表情，並把表情複製到葡萄乾的臉上。我覺得作品應該發自內心，如果它真的發自內心，別人就能感覺得到。它會觸動人心。很難說到底是什麼在打動人心，但就是這些細小微

3　原書註：Constantin Stanislavski, *Building a Character* (New York: Theatre Arts Books, 1949), p. 25.

妙的筆觸讓這則廣告變得特別。」

編劇暨導演勞伯・班頓（Robert Benton）通過記憶和觀察他所認識的人，為《心田深處》（*Places in the Heart*）創造了很多人物。「我有個失明的舅公巴德（Bud）。當我和親戚們談論我的劇本時，有人向我提起了巴德舅公。我們講起了他的故事。於是，他就成為了影片中威爾先生（Mr. Will）的原型。通過這個人物，我想要展現一個聰明人在失去視力後，如何把自己和生活隔絕，而隨著影片的推進，他又重返生活。我想讓這個人物既有智慧，又對自己的生活感到憤怒。我的舅公雖有智慧，但並不憤怒。我想讓威爾遠離人們，讓他有點憤世嫉俗，比其他人更世故老練。威爾給予這個故事一種反差和很多質地。這個鎮上的人不能都是和善的小鎮居民，有人得有所不同。

「瑪格麗特（Margaret）和菲（Vi）是兩三個人的混合物，她們是以我高中時的熟人為原型的。

「我特別喜歡韋恩（Wayne）這個人物。我是在 30、40 年代的美國西南部聽著鄉村音樂長大的。鄉村音樂中有一種巨大的激情。於是，我想要寫一個擁有巨大激情同時也有著一系列問題的人物。這種問題並非是你所能設想的、會在敬畏上帝的小鎮上出現的那種問題。西部鄉村音樂講的是『別去搶劫別人的城堡』，講的是去低級酒館，講的是巨大的激情，用的曲調卻極為平凡。」

配角和主要人物一樣都是通過小細節創造出來的。即使最不重要的人物也可以得到鮮明的描繪。

6.4 創造反派

還有一種必須討論的人物，他們有時是主要人物，有時是配角。他

們是反派。

目前為止我們提到的一切都可以用於創造反派。但反派也有不尋常的問題。

從定義上，反派就是與主角對立的邪惡人物。反派通常都是對立人物，但對立人物並非全是反派。例如，如果對立人物是出於他們在故事中的功能而非不好的動機與主角對立，那麼他們就不是反派。假設主要人物想上哈佛卻成績不夠，那麼學校代理人就成了對立人物。雖然與主角對立，但他們不是反派。反派的角色總是意味著邪惡。

無論反派是戴著黑帽子（例如在西部片中）還是開著噴射機，抑或結黨犯罪，他們總是會擋「好人」的路，通常還會向社會發洩並以一己之力造成浩劫。

從最簡單的層次上看，包含反派的故事通常都是關於善惡的故事。通常主角代表善，而反派抗拒善。大多數反派都是被行動支配的——偷竊、殺人、背叛、傷害，與好人反其道而行。他們很多人看起來很相似，往往動機薄弱，且較為單面。他們的邪惡動機很少能得到解釋，似乎只是因為喜歡便去為惡。

儘管如此，創造立體的反派還是有可能的。取決於故事風格和你開掘的深度，反派能和其他人物一樣令人難忘。我們一下就能想起《叛艦喋血記》（Mutiny on the Bounty）中的布萊船長（Captain Bligh）、《阿曼蒂斯》中的薩列里（Salieri），還有迷你系列劇《大屠殺》（Holocaust）中的那些特別立體的反派。

如果要理解反派，那麼理解存在於大多數故事中的善惡關係會很有幫助。

M・史考特・派克（M. Scott Peck）在他的書《說謊之徒》（People of the Lie）中把邪惡定義為「執迷於反向的生活」，換言之就是與生活對

抗。如果使用這種定義，那麼好人就是代表了對生活的肯定。他／她代表著：挽救農場（《原野奇俠》、《心田深處》），戰勝虐待（《棄兒》〔Nobody's Child〕、《忍無可忍》〔The Burning Bed〕），贏得自尊（《紫色姊妹花》〔The Color Purple〕），意識到個人潛力（《小子難纏》、《我心不停轉》〔Heart Like a Wheel〕），與他人溝通（《雨人》），從其他物種身上辨認出人性（《比爾》、《E.T. 外星人》），促進發展和轉變（《轉捩點》〔The Turning Point〕）。

惡與善對立，它對他人施以欺壓、約束、壓迫、謀殺、挑釁、限制。無論使用邪惡昭彰的方式——例如謀殺和其他形式的暴力，還是詭祕狡猾地造成傷害，反派都在故事裡承擔相同的功能——與好人相對抗。

有沒有別的方式能夠創造立體的反派呢？首先，有必要問問他們為何要如此行事。如果發現反派本身即是受害者或者是個自私自利的人，那麼他們的動機就能夠得到解釋。第一種情況中，反派通過其反應被定義，第二種情況中，反派則通過其行動被定義。

很多反派是由於生活中的負面影響才作惡的。在創造這類人物時，作為作者，你可以探索背景故事，找出造成負面特質的社會和個人因素。你不能把任何人看作「純粹的壞人」，而要通過呈現優點、複雜的心理和情感（例如恐懼、挫折、怨恨、憤怒、嫉妒）使人物完滿。在現實生活中，大多數犯罪分析也是著眼於「作為受害者的壞人」，如此便能找出原因，比如「為什麼一個安靜、守本分的人犯下了謀殺」。檢視焦點通常在艱難而不穩定的家庭生活、長期的貧窮和傷害、個人感情的壓抑，以及孤獨、無人照顧的生活方式等等。

如果你選擇創造一個積極而非被動的反派，你可以通過探索那些驅動他／她的複雜的無意識因素，使人物立體化。有人說過「在壞人自己看來，沒有人是壞人」。誰都不會相信自己做的事是邪惡的。大多數壞

人都認為自己的行動是正當的，自己的目的是為了更大的善。這些人通常具有較強的心理防禦機制。他們不知道自己正被無意識力量所驅動。他們總是被自己心裡的陰影面驅使，並不斷地給予自己的行動正當理由。

《教父》中唐‧柯里昂（Don Corleone）的部分動機在於他對家庭的愛。而《華爾街》中的戈登‧蓋可承認自己被貪婪所驅使，對他而言，「貪婪」是個褒義詞，意味著成就、成功和野心。

如果你在創造反派，你不妨嘗試去發現更大的善，或者是驅動著他們的、自以為的更大的善。是對安全的渴望？對家庭的愛？安全感（對自己和親近的人）？一個更美好的世界（只有一個階級和一種膚色的）？儘管這樣的動機有其正面的一面，但其所採取的行動卻是負面的。這是因為，反派渴望把自己的價值體系強加於他人，而最終這會導致某種形式的壓迫。

反派可能不知道自己在做什麼。儘管他們會辯解，但其邪惡的行動其實就是自己不能理解的無意識力量的產物。這些暴力和壓迫性格雖然通常極其幽微，卻依然對人物本身產生了作用。這些反派會否認自己的行動和動機。但在這種否認中，我們能發現強迫症行為、成癮或虐待等因素。所以這些人物會說「只是打打屁股，傷不了孩子」，或者「我只是喝了幾杯，不至於酒醉鬧事」，或者「我愛我妻子，她當然不會害怕我」。《忍無可忍》和《棄兒》中的反派就意識不到他們這些行為的負面效果。

任何類型的反派都陷入了自戀情結，沒有能力看到真實的他人，也無法尊重真實的他人。換言之，他們沒有能力去認可他人的人性，或肯定他人做自己的權利。

練習：你可曾感到受壓迫？壓迫你的人有哪些行為令你不堪忍受？其方

式是明目張膽還是偷偷摸摸？設想你的迫害者會為他／她的行動找什麼藉口？

6.5 編劇現場：《飛越杜鵑窩》
——田野調查，實地體驗精神病院的生活

《飛越杜鵑窩》最初是肯‧凱西（Ken Kesey）創作的小說，後來又被戴爾‧沃瑟曼改編成戲劇，並於 1975 年拍成電影，編劇是布‧戈德曼（Bo Goldman）和勞倫斯‧奧邦（Lawrence Hauben）。

戴爾‧沃瑟曼寫劇本時重新塑造了配角。這些人物的大膽刻畫、主題功能以及他們與主要人物麥克墨菲之間的關係，都令人難以忘懷。

在梳理主題時，戴爾‧沃瑟曼已經看清了每個人物。「肯‧凱西的小說是在處理人們叛離社會的哲學意義。最典型的概念就是一個反抗權威的人以及他的遭遇。奇怪的是，《夢幻騎士》（Man of La Mancha，也是沃瑟曼的作品）和《飛越杜鵑窩》雖然相差頗大，卻被人當成了同一類戲劇。這是因為，它們講述的都是一個被社會遺棄的、不肯順從的、挺身反抗的人。而且在兩本書中，社會也致力於壓迫並清除這個人。

「社會的標準化和個體的壓抑，是我為本劇設定的論點。總體來說就是：我們生活的這個社會為了保護自身，必然壓迫個體，迫使他遵守紀律。它要保護自身免於失常個體所帶來的傷害。它在保護自己的力量，而失常個體將威脅到這種力量。

「為了闡述這一論點，我必須展現壓迫力量及其受害者之間的關係。所有的配角都是某種形式的受害者。把受害者全體當成集中營來看實在不太有趣，因此把每個人物鮮明地區分開來很有必要。他們可能代表著某種東西，但未必會得到完全的描寫。我覺得極為重要的是，不能把他

們看成某種穿制服的軍隊。為了讓他們盡可能個性化，我絞盡了腦汁。

「每個受害者都略有不同。印地安人是受害者，因為他是美國社會的受害者。有同性戀傾向的男人（哈丁）是受害者，因為他遭到社會的蔑視和嘲笑，只能自願退出社會。口吃的男孩是受害者，因為他有個怪物般的母親。無所事事、整天製造炸彈的男人，是美國軍隊的受害者，因為軍隊摧毀了他重返社會的能力。以耶穌受難姿勢貼牆站著的男人，是醫療體制的受害者，這個體制為了把人的行為改造到可接受的程度，拿他做了腦葉切除實驗。即使拉奇德護士也是受害者，標準化和紀律化的社會把她變成了一個怪物。」

為了充實這些人物，戴爾在精神病院待了十天。

「我所尋找的元素是這些人的智力、教育水準和清醒程度。我想在他們身上發現一種特殊的行為模式，以此瞭解為何這些人被認定為瘋子。他們的個體差異非常大。可以說，你幾乎找不到他們與正常人的區別。他們每天都吃藥，因此行為遭到了修正和抑制。

「通過觀察他們治療前後的差別，我可以看出他們的整體行為。吃藥之後，他們說話變得死氣沉沉了，也就是我們說的『省話』。而在吃藥之前，其行為模式卻很瘋狂，有時可以說是奇妙的。他們對自己有著瘋狂的邏輯。有時，我甚至被這些人發音方式之美深深打動。那是種非常規、沒有條理、沒有語法的表達。

通過推翻人物的正常邏輯，戴爾創造出了有趣的人物。

「人物如果按照完美的邏輯講話和行動就會變得乏味。一般來說，完美的邏輯意味著謊言。因此，我就去尋找人物不合理的、矛盾的、錯位的地方，這些都會比直線型的人物更具啟發性。舉例而言，如果有人天性野蠻，我就會非常仔細地觀察他們，因為他們終將完全顯露出自己矛盾的特質，有時這種矛盾的特質真正揭示了這個人物。

「麥克墨菲似乎是個野蠻霸道的人，卻會教他的室友們跳舞，而且教得非常細緻周到。令人吃驚的是，他也會引用詩句，雖然有時引用錯了，但在內心深處，他對詩歌懷有熱愛。當我看人物時，我是帶著『完美就是乏味』的假設去看待他們的。」

戴爾也對這些人物的隱蔽方面進行了分析：「我尋找潛在的驅動力，並且找到方式，讓觀眾看到人物對自身並不瞭解的地方。的確，人們表面上按照一系列動機行動，實際上卻完全被一系列本能支配。」

「比利・比比特（Billy Bibbit）並不理解他母親對他的所做所為。他維護母親，但實際上她卻對他的生活造成了毀滅性的影響。哈丁用以責備自己的理由——性取向——根本不算是過錯。而拉奇德護士實際上是個受到人為強烈壓抑的女人，堪稱模範軍人。這種壓抑使她成為了一個憎恨男人的女人。奇怪的是，她也有溫情和正派的一面。這些都是有趣的矛盾。她做事時有非常良好的理由，而結果卻糟糕透頂。

「我喜歡強調的一種元素是驚奇。主要人物很少會提供驚奇，但配角卻經常可以。它能夠喚醒觀眾，使他們警覺。在《飛越杜鵑窩》中，坎蒂・史達（Candy Starr）就是個驚奇。誰能想到一個美貌的妓女竟會在這樣的環境中出現？而且她還把朋友帶來了，這也是驚奇。現在不是只有一個妓女，而是兩個！她們都是很有趣的姑娘。」

我問戴爾，配角會遇到什麼問題？

「最糟糕的問題是不夠完整。在故事中，你有的是時間使主要人物完整。而配角（經常是很有趣的）卻被撇在那裡搖擺不定，而且無法變得完整。我覺得不管觀眾是否能意識到，這都令人十分沮喪。有很多次，我急切地希望瞭解配角的經歷，然而卻沒有時間。

「而且還有一種傾向是，只描繪了那些足以形成一個人物的特性，而不必使這個人物特別有血有肉。在電影中，這幾乎是必然的做法，因

為你不能讓配角分散觀眾太多注意力。但這有時還是讓我很困擾，因為理想中每個人物都應當是有趣的，而不應令人困惑和失望。」

實作練習課

當你為劇本創造配角時，問自己：

· 我的人物是否都在故事中承擔功能？他們的功能是什麼？
· 我故事的主題是什麼？我的每個人物用何種方式拓展主題？
· 我是否注重配角的創造？如果我使用了人物類型，我是否確認它們不是刻板十印象？
· 我的人物中有無反差？我怎樣為他們添加色彩和質地？
· 為了定義配角，我用了哪些粗略刻畫的手法？這些刻畫與故事和主題有無聯繫，是否只是為了加強人物的滑稽性？
· 我的故事中有無反派？他們的背景故事是什麼？驅動著他們的無意識力量又是什麼？他們是否在追求可理解的善，卻採取了惡的行動去實現它？

小結

很多好故事之所以令人難忘正是由於其中的配角。他們可以推進故事，澄清主要人物的角色，增加色彩和質地，深化主題，拓展色域，為最微小的場景與時刻增加細節。

編劇詹姆斯·迪爾登這樣總結道：「在現實的脈絡下，只要不過分誇張，你可以讓你的小人物也妙趣橫生。很多故事都是帶有娛樂性的，

不是泛論意義上的，我是指這些故事讓觀眾動眼、動耳、動腦。正是那些小細節使某種東西活了起來。」

07
如何寫對白

　　很多編劇和寫作教師對我說過：「對白是教不出來的。編劇們要嘛『聽』得出來，要嘛『聽不』出來。」我贊同絕妙的對白正如絕妙的繪畫和音樂一樣，是教不出來的，但優秀的對白還是可以教出來的。有一些方式，借助對整場戲和人物的思考，還是能夠改進對白的。編劇們可以訓練自己的耳朵去傾聽語言的模式和節奏，正如音樂家訓練他們的耳朵去傾聽音樂的旋律和節奏一樣。

　　首先，你需要理解，什麼是優秀的對白，什麼是糟糕的對白。

· 優秀的對白就像一段音樂，有其拍子、節奏和旋律。
· 優秀的對白傾向於簡潔明快。一般不超過兩三行。
· 優秀的對白就像網球比賽。球在運動員之間往復運動，象徵了一種持續的力量反饋——它可以是性別的、身體的、政治的或社會的。
· 優秀的對白傳達出衝突、態度和意圖。它不是直接談論人物，而是揭示人物。
· 優秀的對白因為有節奏而朗朗上口，使人人都能成為偉大的演員。

很多編劇擅長寫作對白，詹姆斯・布魯克斯就是其中之一。讀讀下面這段選自《收播新聞》的對白。大聲讀出來，聽聽其中的節奏。注意，每句話都在某方面揭示了人物。還要注意的是人物之間對白的差異。

助手對珍說：

助手

除了社交以外，你在每個方面都是我的楷模。

在珍和湯姆的對話中：

珍

我看了你採訪那個女孩的素材帶。我知道你採訪後的反應都是裝的。為一個被剪掉的新聞片段落淚？你完全越線了……

湯姆

很難不越線。眼淚感動了那個小傻瓜，不是嗎？

在艾倫和珍的對話中：

> **艾倫**
>
> 你能不能至少假裝尷尬一下——在你為約會做準備的時候，我出現了。
>
> **珍**
>
> 這不是約會，只不過是同事之間的公事公辦。
>
> 珍沒注意到她把手伸進紙袋，拿出一盒保險套，丟進晚宴包。

　　注意上述例子中的各種元素。助手的對白中包含著（對珍的）態度。湯姆的對白顯示出情感（沮喪）和價值觀的衝突（他的工作中一直在為真實奮鬥，但真實的含義卻不斷改變）。艾倫的對白顯示出衝突和態度。珍的對白顯示出她的內心衝突（試圖在她和湯姆及艾倫的關係之間找到平衡）。

　　在上述例子裡，我們可以發現，絕妙的對白都包含著衝突、情感和態度，而且也具有另一個基本成分：潛台詞。

7.1　對白的基本成分：潛台詞

　　潛台詞是人物在字裡行間真正要說的東西。人物經常自己意識不到，經常間接地表達或隱藏自己的本意。我們可以把潛台詞看成是對人物來說不明顯、但對觀眾來說顯而易見的一切潛在驅動力與潛在意義。

　　潛台詞最有趣的例子之一是伍迪·艾倫寫的《安妮·霍爾》。當艾

維（Alvie）和安妮（Annie）初遇時，他們仔細打量著對方，開始了一場談論攝影的知識分子對話，同時他們的潛台詞以字幕形式出現在銀幕上。在潛台詞中，她懷疑自己對他而言是否足夠聰明，他也懷疑自己是否太淺薄；她擔心他和自己以前約會過的男人一樣是個傻瓜，而他在想像她裸體時是什麼樣子。

在《安妮‧霍爾》中，安妮和艾維都理解談話中的潛台詞。然而，通常人物是意識不到潛台詞的。他們既不知道自己真正在說什麼，也不知道自己真正的意思。

在羅伯特‧安德森（Robert Anderson）的戲劇《我永不為父親唱歌》（*I Never Sang for My Father*）第一幕中，有一場潛台詞豐富的戲。它發生在餐館裡，表面是兒子帶父親吃晚餐，但潛台詞卻頗為不同，其真正要說的是父子之間缺乏溝通、關係緊張，兒子沒有按照父親的期望生活，父親因此壓抑著怒氣。

儘管潛台詞總是在某種程度上依賴於演員的詮釋，我還是試著在下面的對話中，插入了可能的潛台詞。在劇中，這場戲發生在父親湯姆（Tom）、母親瑪格麗特（Margaret）和兒子金（Gene）之間，但出於討論的需要，我將整場戲精簡，集中表現湯姆和金的關係。

女侍過來準備點酒。

女侍
乾馬丁尼？[1]

1　譯註：馬丁尼以烈酒（杜松子酒或伏特加）和苦艾酒混合而成，乾是指烈酒比例較高。

湯姆

（頑皮地眨了下眼）

妳在逼我啊，要六比一的。

（潛台詞：我就是喝乾馬丁尼的真男人。）

⋯⋯金，你想喝什麼？杜本內？[2]

（潛台詞：湯姆覺得金不像自己是個真男人。

因此他不喝乾馬丁尼，而是喝杜本內。）

金

我也要馬丁尼，謝謝。

湯姆

但不要六比一的。

金

不，就要六比一的。

（潛台詞：我不想你認為我比你差。）

湯姆

好啊！

（潛台詞：這個傲慢的傢伙！）

2　譯註：一種法國開胃酒。

湯姆

今天我請客，明白嗎？

金

不，我請客。

湯姆

嗯，你為了接我們到這裡可花費不小。
（潛台詞：瞧我是個多麼大度、多麼好心的父親！還有，別忘了，你負擔不起這趟旅行的開銷，甚至連我的晚餐也負擔不起！）

金

不，我要請。隨便點什麼都行，不用先看價錢……不管我帶你去哪裡吃飯，你總是先看價錢。
（潛台詞：告訴你吧，我希望你享受這頓晚餐，而且我付得起。）

湯姆

我才沒有。但我覺得咖哩蝦賣＄3.75 美金也太離譜了。

金

你喜歡吃蝦，那就吃嘛。

湯姆

如果你讓我買單的話。

金

不！你得了吧！

（潛台詞：看在上帝的份上，就讓我請你吃一次蝦吧。拜託！）

湯姆

聽著，我心領了，不過，說到你現在的工作⋯⋯

（潛台詞：你不像我這麼成功，甚至不像我期望的那麼成功。）

金

我付得起！我們不要再爭了。

還沒有點菜，兩人之間便產生了怒氣。湯姆宣布：「我什麼也不想吃了，我沒胃口。」

7.2　糟糕的對白：人物講話全是一個樣？

形成優秀對白的元素包括衝突、態度、情感和潛台詞。那什麼是糟糕的對白呢？

· 糟糕的對白僵硬、矯飾、不順口。

· 在糟糕的對話中，人物說話風格全都一樣，沒有一個聽起來像真
  實的人話。

· 糟糕的對白會直接說出潛台詞，它把每種思緒和感情和盤托出，
  而非揭示人物。

· 糟糕的對白使人物簡單化，而非揭示他們的複雜性。

如果你知道對白是平淡、乏味、無趣和僵硬的，應該怎樣改進呢？

我們用一個劇本中常見的場景為例。一個編劇被製片約見，後者有
意投拍他的劇本。接下來的這一段可能是有史以來最糟糕的對話（我要
對此負責，這是專門為本書而寫的）。

製片

好，請進，見到你真是太榮幸了。你知道，我很喜歡你的
劇本——它真是非常棒。

年輕編劇

啊，謝謝您，這是我的第一個劇本，您這麼看待它真是讓
我大吃一驚。我是從堪薩斯州來的，以前從沒到過大城
市。能遇到您這樣的人真是太幸運了。我已經仰慕您的電
影很多年了。

製片

喔，你真會說話。我們來談合約吧。

糟透了，對不對？僵硬、無聊，沒有生命和能量。兩個人物只是說出自己的想法和感覺，而且聽起來都一樣。

首先要精簡寫作，別的什麼都不用做，你的對白就能改善百分之五。不要寫「真是」或「我已經」，把所有的贅詞諸如「好」、「喔」、「你知道」都去掉。只要讓它更像是對話，改善便已經開始了。但是，要讓對白有效，還需要對整場戲進行重新構思。

曾經有位客戶向我求助。這個名叫達拉‧馬克斯（Dara Marks）的編劇寫的對白總是很有能量和節奏。我們完全按照我在對白方面的諮詢程序工作：我問問題，我們討論，接著她重寫。

我們以考察整場戲的不同方面開始。首先，我們問「這些人是誰？」我們知道，這個編劇來自堪薩斯，他剛到洛杉磯，並且仰慕這位製片。但我們對製片這個人物卻一無所知。

製片都是什麼樣呢？俗套的製片是唯利是圖的狂熱生意人，或者說是個五十來歲的、抽雪茄的老油條，迫切於發掘年輕天才。達拉和我認為，儘管任何俗套都有一定的真實性，但大多數製片並不是那個樣子。我們討論了曾經見過的製片：有人放鬆，有人焦慮，有人坐姿懶散，有人坐姿筆挺，有人每天下午打網球，有人自以為是，有人對電影的各個方面都瞭若指掌。

我們還討論了曾經和製片會面的場所：辦公室、餐廳、外地的旅館套房、家中書房、派對、壁球場。由於我們都曾在船上和製片見過面，所以我們決定把整場戲設定在那裡。我們創造了一個五十出頭、非常成功的製片。他談生意的地點設在他那二十七公尺長的遊艇上，就在寬敞通風的後甲板上的一間會客室裡。

挑選一個不尋常（但在好萊塢卻是完全可信的）的場景，使我們有機會清除那些傳統的、意料之中的東西，並創造出更有趣、更真實的人

物。

接著，我們討論了這兩個人物的態度。我們決定讓製片在這場戲一開始就睡著了，而年輕編劇是興奮而熱切的。

考慮到這三個元素，我們把這場戲重寫如下：

內景　遊艇　日

特寫：

隨著遊艇在停泊的水域裡輕柔搖擺，一枝鉛筆在辦公桌上前後滾動著。鏡頭拉開，首先展示出一雙平底休閒鞋的鞋底和交疊在辦公桌上的雙腿。然後，製片的睡姿完全出現了。他就像搖籃裡的嬰兒一樣晃來晃去，讀了一半的劇本搭在胸口。年輕編劇出現在船艙門口。他站得不太穩，由於身處船上而頗感不適（這可能是他第一次離開陸地）。他窘迫地四下打量，發現製片睡著了。這讓他手足無措。

年輕編劇

啊。咳咳。

製片沒動。

年輕編劇

（更大聲地）

啊，咳咳……

製片懶洋洋地睜開眼，瞟了一眼手錶。

製片

你遲到了。

年輕編劇

對不起，先生。公車……

製片

（坐起來）

你坐公車來的？

年輕編劇

（很不自在）

唔，是的，先生……

製片

我從來不認識坐公車的人。

（草草記在便條紙上）

我得試試坐公車。

製片點起一支雪茄，這讓年輕編劇的暈船更嚴重了。

製片

那麼，小子，我能為你做什麼？

年輕編劇

（感到驚訝）

我的劇本，先生，你說過要見我。

製片

我說過嗎？

年輕編劇點點頭。

製片

叫什麼來著？

年輕編劇

《他們跑起來了》（*They Call Came Running*），先生。

製片在辦公桌上翻找著。

製片

我看看⋯⋯跑步⋯⋯有意思⋯⋯

年輕編劇看到了他的劇本，向製片指了出來。

年輕編劇

就是那本。

製片

啊對了，那個跑步的劇本⋯⋯跑了一整年，陣勢不小啊。

年輕編劇

它其實不是關於跑步的，丁克邁爾（Dinklemyer）先生。
它講的是堪薩斯州，我的家鄉。

製片

堪薩斯州是嗎？有點懷舊、樸素的？

（想了一下）

可能是個新趨勢。我喜歡！好吧，小子，成交了！

注意，在這段對白的修改稿中，製片的態度主導著整場戲。他對新體驗有其態度（他可能會找時間試試坐公車的滋味），對堪薩斯有其態度（懷舊、樸素），還對商業趨勢有其態度（他的成功正是由於對什麼流行、什麼不流行有著敏銳的嗅覺）。

現在，對白有了節奏，有了可供演員和導演使用的不尋常場景。我們也對製片及其態度有了點感覺，但對年輕編劇還是缺乏認識。

為了發展這個人物，我們從他的背景故事開始。我們決定，這個年輕人給了自己一整年的時間到洛杉磯推銷自己的劇本。這一天正是這一年的最後一天。此時此刻，他知道自己已經輸光了一切。他覺得憤怒、沮喪，對整個處境感到有點絕望。

正如製片用其態度主導整場戲一樣，我們決定讓這個年輕編劇用衝突和情感主導這場戲。

於是我們再次修改。上一版中我們喜歡的元素大多都保留了下來，但這一版著眼於年輕編劇在整場戲中的作用：

內景　遊艇　日

年輕編劇把頭探進門裡，懊惱地發現製片似乎睡著了。

年輕編劇

啊。咳咳。

製片沒動。

年輕編劇

（很大聲地）

咳咳⋯⋯

製片醒來，因為被人發現自己打盹而感到不好意思。

製片

（四下摸索，讓自己恢復鎮靜）

你遲到了！

年輕編劇

（感到驚奇）

早上九點我就到了。

製片

唔，我是個大忙人。

（整理著辦公桌上的紙張）

那麼，你手上有什麼？

年輕編劇

六個小時之前，我就該坐上回威奇塔的公車了。

製片

你坐公車嗎？

年輕編劇

有什麼不妥嗎？

製片

沒有，我只是從來不認識這樣的人。

年輕編劇

喔，我們是看你電影的人。你應該試試。

製片

我不喜歡你的態度。

年輕編劇

（沉不住氣）

我不是來賣態度的，我是來賣劇本的，先生！你要嘛買，
要嘛我就回農場去。

製片

什麼農場？什麼劇本？

年輕編劇

（被激怒了）

你說要和我談的劇本。

製片

我說過嗎？叫什麼來著？

年輕編劇

《他們跑起來了》。

製片在辦公桌上翻找著。

製片

跑步去跳迪斯可的故事！

年輕編劇

它其實不是關於跑步的，看在上帝的份上！它講的是一個
渾身泥巴、離鄉背井的堪薩斯州農民的窘境。

製片

泥巴？誰會關心泥巴呢？

年輕編劇

（雙手舉到空中）

我放棄了！我要回家去了。

製片

等一下！

（邊想邊說）

泥巴，土地……樸素的，我喜歡。可以成為新趨勢。好
吧……成交了……

年輕編劇驚呆了。他走到一半，轉過身來。

年輕編劇

（興奮地）

你說真的？

製片

當然，小子……但我們得把片名改一改。

現在，我們就有了兩個同等重要的人物，兩者都用態度、衝突、背景故事和意圖為整場戲做出了貢獻。人物有力，對白便有力。

如果你要繼續修改這場戲，還有幾個方向是可以採用的。

你可能會覺得這場戲太「尖銳」了，兩個人物都怒氣沖沖、互不相讓。你可以只讓一個人物尖銳。也許編劇怒氣沖沖，但製片卻不想被他的怒火影響。

你還可以在一場戲中加點「瑣事」，為每個人物的個人行為增加細節。回想一下，你有沒有更不尋常的會面。在這些會面中，除了談話還有什麼？

我曾經和一個執行製片會面。他的辦公桌上擺著五十個米老鼠玩偶。如果你要用上這個細節的話，不妨讓製片在整個會面過程中一直給玩偶撣灰。

另一個製片在和我會面時一直在玩飛鏢。還有一個製片把大部分時間花在接電話上，同時從辦公桌後面打量我。

也許發生在另一個房間的事情，也能為場景添加「瑣事」。達拉和我曾經考慮給這個製片增加一個妻子，讓她在甲板上用各種工具創作大

型雕塑。而編劇自始至終都在試圖辨認傳來的聲音，那讓他想到機關槍、電鑽或故障的摩托車。這樣可以表明編劇有一種恐懼或焦慮的態度，或者只是無法專心聽製片講話。

一切瑣事都可以用來揭示人物、交流潛台詞，這樣一場戲就不會顯得太理所當然。

你也可以探索一場戲的氣氛，以創造出對白的其他走向。房間冷還是熱？明還是暗？陳設如何？有沒有怪味？椅子上是否擺滿了書籍和劇本，以至於沒地方坐？

你還可以考慮改變一個人物的種族、年齡或是體重。我曾經和一個體重一百八十幾公斤的人（不是製片）會面。他坐在一把巨大的椅子上，從來沒動過。我對他的外貌感到驚訝，這使剛開始的幾分鐘變得非常難堪，會談最初我完全在胡言亂語。

某一方對會面的預期也會影響對白。如果你的人物本來以為自己會見到一個五十歲的製片，結果卻見到一個二十五歲的，那麼意料之外的情境就會改變對白。假設某個人物戴著眼罩或頸椎支架，或者眼皮抽搐，或者試圖掩飾下巴上的疙瘩——所有這些都會影響對白。

語言和詞彙也會改變對白。如果某個人物有口音、講別人聽不懂的話或者使用意義不明的詞彙，人物之間的交流方式就會改變。

一場戲本身的背景資訊也有一定的效果。也許製片正經歷離婚，也許編劇剛剛參加了摯友的葬禮。這些情境都會影響場景的走向。還有些背景資訊包括：戀愛的開始、製片與編劇長期工作關係的結束、或者製片剛剛僱了另一位編劇，但又覺得必須履行這場會面。

製片和年輕編劇的場景曾經被無數人寫過。其中最不尋常的設定出現在莫斯‧哈特（Moss Hart）的自傳《第一幕》（*Act One*）中。這本書後來被我的客戶崔瓦‧西爾弗曼（Treva Silverman，作品有《瑪麗‧泰

勒・摩爾秀》〔*The Mary Tyler Moore Show*〕）改編成了劇情片，製片是勞倫斯・馬克（Laurence Mark，作品有《上班女郎》）和史考特・魯賓（Scott Rudin，作品有《鐵窗外的春天》〔*Mrs. Soffel*〕）。

整場戲發生在紐約。新人劇作家莫斯・哈特剛剛寫完一部戲。他收到著名劇場監製傑德・哈里斯（Jed Harris）的留言，說要和他談談這個劇本。注意對白多麼簡單——當你將場景中的「瑣事」與人物態度融合，將會如何有效揭示出這兩位人物。

內景　麥迪遜旅館　日

十二點，莫斯焦急且興奮地站在櫃檯前。

莫斯

莫斯・哈特來見傑德・哈里斯。

門房

往右走，1201 號房。哈里斯先生正在等你。

莫斯

（咧嘴笑）

謝謝。

切至：

內景　麥迪遜旅館十二樓　日

莫斯從電梯裡出來，興沖沖地在走廊上走著。他在 1201 號
房門口停下，輕輕地敲敲門。門半敞著，沒人答應。他
又敲了一下，並按了門鈴。

一個聲音
（微弱地，自遠處）
進來，進來。

切至：

內景　麥迪遜旅館 1201 號房　日

莫斯猶豫地走進房間，穿過門廳進入客廳。這裡打掃得一塵
不染，看起來好像沒人住過似地，連菸頭和報紙也沒有——
是這裡嗎？

莫斯
（輕聲叫道）
打擾了……莫斯·哈特來見傑德·哈里斯。

那個聲音

那個聲音

對，進來。

他猶豫地循聲而去，穿過起居室進入臥室。切至：

內景　臥室　日

兩張床中，一張有人睡過，床罩被踢掉了。另一張床上，劇本堆得很高。兩個菸灰缸都塞滿了抽了一半的香菸。窗簾拉上了，半個房間都是黑暗的。莫斯完全糊塗了，害怕自己犯了錯誤。

莫斯

你好？

那個聲音

（自浴室裡）

進來，進來。

莫斯走向浴室，剛走幾步，便驚慌失措，目瞪口呆。切至：

傑德‧哈里斯背對我們，一絲不掛地站在洗手檯邊，正在刮鬍子。

傑德‧哈里斯

（悠閒地）

早上好。很抱歉現在才能見你。

莫斯

（完全糊塗了，顫抖地）

沒……沒關係。

莫斯四下打量，想找個能注視的東西。

傑德‧哈里斯

實際上，我本想早點讀你的劇本。但是你知道，總有些原因……

莫斯

（盯著自己的鞋）

啊，是啊，是啊。

傑德・哈里斯

昨天晚上為蘭特（Lunt）一家開了個派對。大家似乎都很
崇拜蘭特一家。不過在我看來，只要一個蘭特就夠了。

莫斯笑了，這是一聲刺耳的乾笑，幾乎一開始就結束了。傑
德・哈里斯開始擦臉。

傑德・哈里斯

我參加派對只是為了那個義大利女演員，有些關於她的流
言很令人好奇，我想去弄清楚。

一條毛巾從洗手檯掉落在地板上。莫斯盯著它，不知道是否
該把它撿起來。最後他決定不撿。傑德・哈里斯還在繼續講
話，他對著莫斯眨了眨眼。莫斯試圖回憶傑德・哈里斯在講
什麼。

傑德・哈里斯

結果，流言的真實度超乎預期。

他得意地對著莫斯笑了笑。莫斯試圖微笑，但卻笑不出來，
結果只是面部抽搐了一下。

這場戲在很多方面是非常簡單的。但是請注意，在整場戲的對白和瑣事中，有多少層次被傳達了出來。莫斯的態度包含期待、震驚和尷尬，例如進不進門、撿不撿毛巾、說不說話的矛盾心理。

傑德傳達出一種冷淡，以及與義大利女演員一夜春宵而流露的快樂心情。崔瓦寫作這段對白的原因，據她說是：「莫斯‧哈特的自傳寫於1950 年代，那是一個更為純真的年代。我盡可能避免人們把傑德‧哈里斯裸體出現看作某種同性戀暗示。」

莫斯‧哈特書中的這場戲，有著相同的場景和環境——傑德‧哈里斯的裸體和莫斯的尷尬，但著眼點是不同的。哈特敘述道：

在我心中，傑德‧哈里斯在戲劇方面無疑是最健談的人。……即使當時非常窘迫，我也得說，我從未聽過這樣的戲劇討論。他那滔滔不絕的論點就像給自己穿上了衣服，使我的尷尬逐漸模糊。我開始認真地聽了。他對《一生一次》(*Once in a Lifetime*) 的批評是尖刻而透澈的，充滿了對該劇潛力和隱患的敏銳理解，還包括了對諷刺文學總體上的、令人稱奇的深刻認識。他的如簧巧舌從《一生一次》講到了契訶夫，講到他正考慮製作的《凡尼亞舅舅》(*Uncle Vanya*)，又從對合夥人的嚴厲押擊迅速轉到了美國編劇的分類——他認為有一類編劇的劇本是在浪費紙張——最後又回到了《一生一次》上——真是口若懸河，字字珠璣，簡直讓我喘不過氣來。[3]

如果把這一段轉換成劇本對白，那麼很容易導致一場「嘮叨」戲。崔瓦說：「如果要重現這場戲，那我就不得不納入那些抽象難懂的資訊，

3　原書註：Moss Hart, *Act One* (New York: Modern Library, 1959), pp. 257-258.

那會徹底倒了觀眾胃口。」

　　我為這個案子做了諮詢，最終，我們決定刪掉這個場景，因為影片講的是莫斯和喬治・考夫曼（George Kaufman）的關係而非和傑德・哈里斯的關係。然而，這卻是我個人最喜歡的場景——它的情感清晰，沉默中自有魅力。

7.3　對白寫作技巧：先有故事還是先有對白？

　　很多編劇喜歡優秀對白中的那種聲響、節奏和色彩。

　　劇作家羅伯特・安德森說：「我哥哥從大學裡把諾維・考沃（Noël Coward）的戲劇劇本借回家來，從此我便愛上了對白。我把它挑出來，問我母親那是什麼，她回答說，是一部戲劇。於是我著了迷。我總是被小說中的對話吸引。當我閱讀小說時，我會跳過去專看對話。這當然是個錯誤，因為在小說中承載故事的不是對話，而是敘述。

　　「我認為，如果你對對白沒有感覺，就不要去做編劇。編劇在戲劇情境和戲劇對白上應當有一定天賦。」

　　編劇們有很多方式為寫作對白做準備。對他們大多數人而言，在寫出任何一句對白前，第一步是花費大量的時間處理故事。

　　羅伯特・安德森又說：「我對故事的戲劇性、結構和人物考慮很多——他們在做什麼？潛台詞如何？每個場景中發生了什麼？進展如何？我要花幾個月的時間搞清楚這部戲究竟講的是什麼，我把這叫釣魚。每天早上，我坐在書桌前，把我的想法扔進池塘，然後做筆記，但再也不去看它們。第二天，我又把同樣的魚鉤扔進去，看看能釣上什麼。過一陣子，某些東西就會浮現並成形。這時，我便知道了人物在哪裡、要去哪裡，故事講的是什麼。然後我把這完全拋開，花兩到三週寫初稿。

狂熱地寫，在完成這初稿之前，一個字也不讀。這樣它便會有渾然天成的結構。

　　「我在場景中設下結構，六到七個月之中——儘管這很長——我一直在做筆記。我已經非常瞭解這些人物了，只要能完成場景的目的，他們想說什麼都行。寫對白使我想起之前和我的朋友——劇作家西德尼‧金斯利（Sidney Kingsley）的一次談話。我知道西德尼那時在寫一部戲，於是就問他在幹什麼。他說『我快寫完了，明天就要開始寫對白了』。如此看來，對白只有當一切都安排好以後才會開始寫。」

　　劇作家戴爾‧沃瑟曼寫對白的方式，首先分析每場戲的主題和目的：「對我而言，對白排在最後。當我知道故事要往何處去，知道每場戲的情節和目的後，我才會加上對白。此時，對白及其主旨幾乎已經全部手到擒來。當然，對白的色彩和風格還不明確。你必須在那上面下不少功夫。給對白賦予某種簡潔和風格，這將會是非常困難的工作。」

　　很多編劇通過仔細聆聽人們各種情境下的說話訓練他們的耳朵。

　　作家約翰‧密林敦‧森恩（John Millington Synge）說，他通過聆聽洗碗女工的說話獲得了對白的感覺。

　　小說家羅賓‧庫克（Robin Cook）說他喜歡偷聽人們在飛機上的對話。當他在公園打籃球時，也會留意孩子們的相互取笑。

　　編劇暨導演勞伯‧班頓有時會錄下對白傾聽其中的節奏。「在《心田深處》中，瑪格麗特‧史帕林（Margaret Sparling）這個人物是以我的一個朋友為原型的。我和她一起坐了兩天，並錄下她的話。我們談啊談，直到我掌握她的語言風格為止。」

　　但是，現實中的說話和對白並不相同。因此，訓練自己聆聽對話的聽力還只是第一步。下一步就是把現實中的說話翻譯成虛構的對白。

　　「我從來不用人們現實中講出來的話語，」羅伯特‧安德森說，「如

果你在人們說話的地方架起錄音機然後重播，你就會發現聽起來簡直荒謬極了。而所有的戲劇對白，卻都是風格化、逼真，但又絕非現實的。你必須用自己的耳朵跨越這條鴻溝。很多年前，我在為廣播節目〈戲劇協會現場〉（The Theatre Guild on the Air）寫劇本時，曾經為大明星亨佛萊·鮑嘉（Humphrey Bogart）改編了《戰地春夢》（*A Farewell to Arms*）。令人沮喪的是，我發現很少能用上著名的海明威式對話。它既不能推動故事，也不能發展人物關係。可當節目播出時，評論卻說『海明威式對話承載了這個節目』。我飄飄然起來，我終於有能力寫出海明威式的對話了……而且它還推動了故事。」

羅賓·庫克說：「無論何時，我寫對白時總是把它大聲念出來——我在尋找相似性。我希望它真的像是兩個人在說話。如果我讀一本書時遇到的對話不真實，我就能明顯地感受到。真正好的對白，最令人驚奇的是，它能給予你既像日常話語又不像日常話語的印象。」

按照小說家謝利·洛文科普夫（Shelly Lowenkopf）的說法：「小說中的對白從來不刻意照搬現實中的對話，它代表的是人物的態度。你應當有能力憑藉他／她需要什麼去分辨誰在講話。因此，對白應當是關於人物祕密的流露。要構建優秀的對白，部分就在於考慮並理解人物想要保存什麼祕密。」

小說家倫納德·圖爾尼補充道：「寫實的對白與現實的對話不同，它是一種詭計。對白應當是個性化的，通過濃縮，它散發出現實的味道。」

有一些練習和加工能夠幫助編劇們寫出優秀的對白。

崔瓦·西爾弗曼的方法是對著錄音機講話，第二天再聽一遍。「重聽時，我自己說過的話百分之九十都忘掉了，因此感覺就像第一次聽。這時，我要尋找的就是某種提示——人物聽起來該是什麼樣？如果我找

到了那個人物特有的聲音，我就可以鬆口氣了，但在我找到那個獨特的聲音之前，還是很煎熬。用錄音機做這個工作更容易些，聽與說不那麼可怕。我不是在盯著白紙，也不是在盯著一塊空白螢幕。」

羅伯特・安德森說：「很多編劇一開始就寫對白，而不是最後才寫。尼爾・賽門（Neil Simon）有一次告訴我，他就是那麼工作的。他們說，在寫對白的過程中能夠發現劇中人物和故事情節。年輕時，我也試過很多次（畢竟我愛的是對白不是故事），但我發現，四十頁紙之後，自己已經跌倒了太多次。這是條死胡同。我什麼也沒發現。在寫對白時，我可以發現未知的自我，可以發現我不知道自己已經瞭解的事情，但似乎無法發現故事。我必須知道結尾。

「如果你用了錯誤的情境，對白就不會流動，這是致命的——除非你把人物放進有趣的情境內——有趣是指整場戲有進展。

「劇作家約翰・范・德魯頓（John Van Druten）多次說過，除非人物的名字改對了，否則他無法讓人物恰當地說話。我也多次說過這一點。我說的是，一個叫蘿拉的人和叫黑茲的人，說話方式不會一樣，除非你搞對了名字，否則對白就不對勁。

「我曾經給學生們做過對白練習。其中一個練習是，我假設某人在街上撿了十塊錢，他在飯桌上和家裡人爭論怎麼花這十塊錢。整場戲的流動就在於，誰來花，怎麼花？整場戲的潛台詞可以闡明全家人之間的張力。

「在我的戲劇《你知道流水奔騰時我聽不見你》（*You Know I Can't Hear You When the Water's Running*）中，有一場戲是兩個中年人討論是買套成對的單人床還是保留舊的雙人床。表面上他們討論的是床，但在爭論中他們的整個婚姻得到了揭示。潛台詞與中年有關，與他們的生活和愛情中發生了什麼有關。」

朱爾斯・菲佛（Jules Feiffer）在耶魯大學戲劇學院教授劇作時，他幫助學生們改進對白的方法是「擺脫自我耽溺和其他自負的想法，找出這場戲的要點，刪除要點之外的一切，刪除年輕編劇們喜歡放進劇本裡以顯示自己才智的花樣」。

寫出好對白的關鍵在於學會聆聽節奏並辨別出細微差異。

「最重要的一件事，」羅伯特・安德森說，「就是形成一種『聲音』——不僅是在對白上，而且在態度上。如果你有了聲音，對白自然就對了。」

7.4 編劇現場：朱爾斯・菲佛
——普立茲漫畫家的對白心法

我們當中許多人都是通過每週的漫畫熟悉了朱爾斯・菲佛的作品的。他的電影《獵愛的人》（*Carnal Knowledge*，後來還改編為戲劇）因傑出的對白而時常被人談起。他還把《大力水手》（*Popeye*）改編成電影，寫過《小小謀殺案》（*Little Murders*）和《艾略特之愛》（*Elliot Loves*）。他關於對白的評論涉及所有的虛構體裁，其中關於漫畫人物的部分還涉及廣告領域。

在這次訪問中，他談到了為各種媒介寫對白的區別。

「當我從漫畫進入戲劇和電影領域時，我發現其中的對白是非常、非常不同的。在戲劇和電影中，當你處理人物關係時，你必須展現出這段關係的開始、過程與結果，而非只是結果，但在漫畫中我就可以只展現結果。在漫畫體裁中，人們彼此間說的話是非常簡短省略的，這一定是空間環境的緣故。在舞台上，你可以做更多細微的表情，有更多間接的表達。舞台對白可以寫得比電影對白更豐富、更具說明性、更自我滿

足。而在電影中，你可以提供更多的非語言交流——眼神的交換、身體的動作等等。」

我問朱爾斯創作對白的過程。

「首先，我不去考慮對白。對白只是你獲得了人物並把他們放進情境後的自然產物。一旦你把兩個以上的人物放在某種情境內並且決定了他們的身分和職業，那麼他們就會自動講出一些特定的東西來。對白接踵而至，你便和觀眾一起發現他們到底在講什麼。我經常會對我的人物必須對彼此說的話感到吃驚。你只要發動他們，他們自己就會起飛，這真是好玩。我發現，如果我遵循某種大綱，我便不會得到任何有趣和生動的東西。人物必須對彼此說的話中，有很多能為作品提供能量。對人物關係而言，能量是很重要的。即使情境本質上是被動的，那裡也必然有真正的能量存在著。

「這種能量來自潛台詞。這是一種潛在的衝突，它和作品的表面處於交戰狀態。所以說，唯一真正的衝突也許只發生在這個人物與自身之間。創作潛台詞，並不是說要把它寫出來並做註，而是要完美地理解真正發生了什麼、沒發生什麼、為什麼、在表面上能呈現出多少。作品中的這種鬥爭即在於，怎樣偽裝到最後一刻，然後挑明一切並製造出戲劇高潮。

「某些時候，潛台詞會浮出水面，但是如果完全浮出水面，我認為是沒有好處的。其中某些東西必須上浮，但你不能把祕密完全洩露出來。我需要觀眾成為另一個人物，積極地參與到電影中。如果你把每個「t」都畫上橫線，把每個「i」都畫上點，那你就是把觀眾當成懶人，舞台和銀幕上就沒有能量，觀眾只是坐在那裡看流水帳而已。我知道，作為觀眾的一員，我總是喜歡被迫去思考，喜歡被作品提問。在自己的作品中，我也喜歡這麼做。

「如果漫畫是個人化而非政治化的，那麼它就會經常用到潛台詞。如果是政治化的，它的觀點可能更明顯。但即使如此，由於它幾乎總是諷刺性的，它也必須用到潛台詞。至少在我的作品裡，大多數人談的都是與自己無關的事情。無論是在公共生活還是在私人生活中，人們經常會說反話或者用各種標籤掩飾自己的用意。從一開始，這就成為我作品的著眼點。剝去這些標籤，真正的觀點便顯現出來。

「如果在開始寫一場戲時我遇到麻煩，我發現有一招很有用。你可以這樣開始對白：嗨，你好嗎？我很好。你今天做什麼了？沒做什麼。好吧，我有個問題……我會寫幾頁無意義的閒扯，直到對白開始入戲為止。還有些時候，我會從中間開始寫一場戲，然後反寫回去。有時我也會卡住幾天甚至是幾週。有部戲花了我六年時間，因為我不知道自己進展到哪了。

「如果在這過程中，你能捕捉到感覺並加到你自己的日常語言中，那麼你已經進展不小了。在下一版稿子的修改中，要用不同的對話或豐富的語言區別出特定的人物。在太多的戲劇和電影劇本中，人人說話都一個樣。我喜歡讓我的人物個性化，以至於讀者們不用看名字也知道是誰在說話。你必須訓練自己在傾聽談話的過程中，聽出它們的特徵，而且還必須傾聽自己內心的聲音。」

實作練習課

對白是戲劇寫作的關鍵。對任何形式的敘事創作——無論是戲劇還是長、短篇小說，它都是不可或缺的。當你考察你的人物時，問自己：

· 我是否通過講話的節奏、詞彙和口音（如果有必要）甚至句子的

長度定義了人物？

· 對白中有無衝突？對白能否反映不同人物在態度上的反差？

· 我的對白是否包含著潛台詞？我是否對人物說出的話進行過處理，使之與其本意相反？

· 我是否能從對白中看出人物的文化和種族背景？教育水準？年齡？

· 如果不看人物的名字，我是否能分辨出誰在講話？對白能否區分出人物？

小結

創作者總是在訓練自己。學習寫作對白，包括了聽、讀、說那些出色的對白，內化其中的聲響和節奏。有些編劇還會去上表演課，以更瞭解演員的對白需求。

對白就是敘事創作中的音樂，是節奏和旋律。任何創作者都能練就一雙擅長傾聽的耳朵，寫出傳達著態度和情感的對白，表現出人物的複雜性。

08

四種非現實人物

　　目前為止，我們一直在討論寫實人物，也就是和我們自己相似的人物。我們能夠辨別出他們，因為他們有和我們同樣的缺陷、欲望和目標。他們既不是超級英雄，也沒有劣於他人的特徵或誇張的缺點。

　　但是，在虛構的世界裡，同樣充滿了非現實人物。想想那些來自幻想世界的多姿多采的人物吧——E.T. 外星人、艾德先生（Mr. Ed）[1]、美人魚、沼澤怪物（Swamp Thing）[2]、番茄殺手（Killer Tomatoes）[3]、超人、蝙蝠俠、金剛、小鹿斑比、小飛象、豌豆罐頭的快樂綠巨人以及加州葡萄乾。

　　在本章中，我們將關注四種類型的非現實人物。這四種人物是你作為一個創作者可能會創作的主要類型。其中包括：象徵人物、非人類人

1　譯註：艾德先生，美國電視喜劇《靈馬艾德》（*Mister Ed*）（1961–1966）的主角，是一匹會說話的馬。
2　譯註：沼澤怪物，DC 漫畫公司同名恐怖漫畫中的主角，他是人類與植物的結合體。該人物首次面世於漫畫《神祕屋》（*House of Secrets*）第 92 期（1971 年 6 月），隨即走紅。
3　譯註：蕃茄殺手，美國導演約翰‧德‧貝洛（John De Bello）的黑色喜劇系列電影中的人物，這些人物是有生命的番茄，並會對人類發動攻擊。這些人物首次面世於 1977 年的電影《蕃茄殺手》（*Attack of the Killer Tomatoes*）中，並有電影續集、電視劇等後續作品。

物、奇幻人物和神話人物。每一類人物都取決於他們的局限、內涵以及觀眾對他們的反應和聯想。

8.1　象徵人物——將單一人格特質最大化

　　寫實人物是最立體的，他們有其一致性和矛盾性，由其複雜的心理、態度、價值觀和情感來定義。如果你要列出一個立體人物的所有特質，那麼這張表將會很長。

　　象徵人物則是相當單面的。

　　他們不是為了表現人性的多面性而被設計出來的。他們是某一種特質的擬人化，通常基於例如愛情、智慧、慈悲或正義等某個概念而誕生。在非現實故事——神話、奇幻作品甚至是誇張的漫畫故事（例如超級英雄故事）中，他們能起到最好的效果。

　　象徵人物的根源可以追溯到古希臘和古羅馬悲劇中。

　　一眾男神和女神，整體來說祂們每一位都是由一種特質定義的。雅典娜／密涅瓦（Athena／Minerva）是智慧女神；阿芙蘿黛蒂／維納斯（Aphrodite／Venus）是愛情女神；黑帝斯／普魯托（Hades／Pluto）是冥王；波賽頓／尼普頓（Poseidon／Neptune）是海神；戴歐尼修斯／巴克斯（Dionysus／Bacchus）是酒神；阿緹密斯／戴安娜（Artemis／Diana）是動物女神。

　　儘管這些人物面向有限，但祂們卻未必乏味無趣。這是因為，一種特質暗示出很多相關的特質。

　　例如，馬爾斯／阿瑞斯（Mars／Ares）是戰神。祂殘酷、兇狠、嗜血，連父母宙斯（Zeus）和赫拉（Hera）都憎惡祂。衝突、爭鬥、恐怖、焦躁、驚惶總與祂相伴。在羅馬神話中，祂穿著閃亮的鎧甲。士兵們在

戰場上一看到祂，便會「血戰至死」。[4]祂養的鳥是禿鷹——死亡之鳥。

每個和戰爭有關的事物都是瑪爾斯的背景資訊。戰爭的聲音、戰爭的服裝、一切戰爭的特徵都是祂性格的一部分。不屬於戰爭的東西也不屬於祂。對戰爭與和平，祂沒有任何實際上的矛盾心理。在祂身上，沒有歡笑，沒有不確定，也沒有矛盾性。

我們可以畫一道連續線，來看看象徵人物和寫實人物間的關係：

單面向象徵人物　　　　　　　　　　　　　　　　　多面向人物

如果你把馬爾斯放進這條連續線中，祂就應當屬於單面向象徵人物。而在線的另一端，你可以放進大量的多面向人物——《北非諜影》的瑞克、《亂世佳人》的郝思嘉、《原野奇俠》的肖恩（Shane）、《非洲皇后》的蘿絲（Rose）。

當你把許多人物從單面向往多面向排列時，你會發現其他人物都散落在兩端之間的某處。

《超完美嬌妻》（The Stepford Wives）的「嬌妻們」是象徵人物，她們代表著完美的妻子。與這一概念相關的一切事物都是她們的特徵，其中包括順從丈夫、保證家中整潔、食物可口、孩子快樂。她們並未被賦予跟這一人物無關的特性，現實生活中為人之妻的任何不完美之處都不能加入她們的個性之中。

其他例子還包括劇作家羅伯·鮑特（Robert Bolt）《良相佐國》（A Man for All Seasons）中的「普通人」（Common Man），以及中世紀道德

4　原書註：Edith Hamilton, *Mythology* (New York: New American Library, 1940), p. 34.

劇《世人》（*Everyman*）中的「世人」，他們代表著人的平凡性。

很多反派和超級英雄也都是象徵人物。《蝙蝠俠》（*Batman*）中的小丑代表邪惡，而超人代表「真實、正義和美國生活方式」。

創作者在創造象徵人物時，會刻意不添加大量細節，而只是充分地表達出概念。

當你把人物放進這條連續線，你將會發現，克拉克・肯特（Clark Kent）和布魯斯・韋恩（Bruce Wayne）這兩位人物，被刻意寫得比他們作為超人和蝙蝠俠時更立體，同時又被刻意寫得比瑞克、郝思嘉、肖恩或蘿絲更平面。他們的次序將會如下：

單面向象徵人物				多面向人物
馬爾斯	「嬌妻們」	超人	克拉克・肯特	郝思嘉
	「世人」	蝙蝠俠	布魯斯・韋恩	瑞克
		小丑		肖恩
				蘿絲

練習： 創造一個代表正義的人物。從列出與正義有關的特質開始。這張列表中可能包括正直、中立、沒有種族和性別歧視、對法律精神和條文都有所認識。你應該有能力寫出二十到五十個正義的特質。為了進一步發展人物，可以試著思索這個正義人物的父母。比如說，一個是律師，代表法制；一個是哲學家，代表智慧。如果你是在創造神一般的人物，那麼可以就此打住了。

然後，賦予人物更多的面向。添加相關而不矛盾的特質，例如同情心、智慧、見識，以及其他有可能相容的各種能力。

要考慮以下兩者的區別：一是象徵正義的非現實人物，二是以正義作為主要特質的寫實人物（作為一個完全立體的人，他同時也具有不一致性、猶豫不決和矛盾性格）。

象徵人物傳達出一個清晰的概念，有助於表達你故事的主題。然而一定要小心局限性，避免把他們寫成平板的人物。

8.2　非人類人物──本質上仍必須是「人類」

我們大多數人都是讀著非人類人物的故事長大的，例如黑美人（Black Beauty）[5]、靈犬萊西、《夏綠蒂的網》（*Charlotte in Charlotte's*）中的夏綠蒂[6]、小鹿斑比、小飛象或者黑神駒（Black Stallion）[7]。然而，非人類人物並不局限於兒童故事中。作為成年人，我們也會對喬治‧歐威爾（George Orwell）《動物農莊》（*Animal Farm*）中的動物，或是《暴風雨》（*The Tempest*）中的凱利班（Caliban），以及《哈維》（*Harvey*）中的哈維著迷。

有時，非人類人物可看成是會叫、會咬、長著毛尾巴，但本質與人類無異的角色。《動物農莊》中的角色肯定不像人類人物那麼立體，但牠們卻是刻意被比作人類的。我們可以把牠們叫作「披著豬皮的人類」。

創作非人類人物可以從強調動物的人性面入手。萊西非常忠誠、溫

5　譯註：黑美人是一匹馬，英國作家安娜‧史威爾（Anna Sewell）1877 年小說《黑神駒》（*Black Beauty*）中的主角。

6　譯註：夏綠蒂是一隻蜘蛛。

7　譯註：黑神駒是一匹馬，美國作家沃特‧法雷（Walter Farley）1941 年小說《黑神駒》（*Black Stallion*）中的主角。

順；任丁丁（Rin Tin Tin）[8]非常聰明；《動物農莊》裡那頭名叫拿破崙的豬控制和壓迫其他動物。但是，這些特質的效果也就到此為止了。連續數週觀察一條聰明的狗或去瞭解一匹溫順的馬，不會令人愉快。要創造最有效的非人類人物，還需要別的方法。

人類人物的立體性，可藉由添加、強調人類特性，而得到強化。但非人類人物卻極少能藉由強調其非人類特性而得到強化。強調一條狗的「狗性」（比如大聲吠叫，衝著狗盆飛奔）不會令牠比人更加可愛。

因此，必須創造角色的個性。獲得這種個性的創作過程也許包括：

· 仔細選擇一兩個特質定義角色的個性。
· 加深觀眾對這一角色的聯想以拓展這一個性。
· 創造有力的背景資訊以深化角色。

相對於非人類人物的清晰性，寫實人物則較難歸類。寫實人物也許忠誠，但在特定條件下，例如生存受到威脅，那麼他們的忠誠就會削弱。他們可能看似樂觀，但悲劇性的條件可能會改變他們觀點。

相反，非人類人物則有著從不改變、定義清晰的特質。儘管這些特質可能是基於人類，卻不會像人類人物那樣會消褪或改變。萊西永遠忠誠，任丁丁永遠聰明。

電視系列劇《靈犬萊西》（Lassie）新一季的製片阿爾·伯頓（Al Burton）說：「我願意相信，萊西身上有一種穩定性。這在人類身上非常罕見。這種穩定性就是保護、忠誠、值得信賴、勇敢，如同孩子的安全毯一般。」

8　譯註：任丁丁（1918-1932），是一條牧羊犬，好萊塢歷史上最著名的動物明星之一。

但這些特質本身並不能給予角色足夠的變化和趣味。觀眾需要對它們產生投射的聯想。那麼，這種聯想是如何起效的呢？我們不妨看看廣告業為諸如汽車、蔬菜或啤酒等產品創造角色的方法。

　　智威湯遜（J. Walter Thompson）廣告公司的副總裁麥可·吉爾（Michael Gill）解釋了他們創造品牌識別的方式，這同樣可以用於創造人物個性：「大多數消費者講不出啤酒之間、洗滌劑之間甚至是百事可樂和可口可樂之間的區別。因此，廣告的任務就是確立品牌的個性和特徵。這有點像給牲口烙印——你一看到記號就能瞬間辨認。記號（品牌）就是用來區別看起來都一樣的牲口的。於是，賓士代表高性能；福特代表著品質；某些卡車代表著力量和強悍。這些非人類人物——無論它是汽車還是電腦——變成了特定特質的化身。當這些汽車與這些特質聯想在一起，你便得到了『擦去效應』（rub-off effect），或說『光環效應』（halo effect）。」

　　在廣告中，光環效應會使消費者願意購買某種產品。當運用到非人類人物的創造時，它會增加觀眾對人物身分的認同。

　　有時，廣告角色的個性來自對產品屬性的分析。品食樂公司的麵團寶寶（Pillsbury Doughboy）讓人想到麵團搓揉與發酵的方式。「劈」、「啪」、「砰」（Snap, Crackle, and Pop）這三隻家樂氏卜卜米（Kellogg's Rice Krispies）的吉祥物——大家都知道的——其實來自卜卜米的脆響。狗狗史帕茲·麥肯錫（Spuds MacKenzie）[9]則利用了「狗是人類最好的朋友」的聯想，成了活躍、有趣的「派對動物」。

　　還有些時候，角色特徵來自額外的聯想。加州葡萄乾廣告中的那些跳舞的葡萄乾和葡萄乾的屬性沒什麼關係。創意人沒有強調它們又小又

9　譯註：史帕茲·麥肯錫，百威啤酒用作廣告代言的一隻虛構的牛頭㹴。

皺，沒有強調它們的健康屬性，而是做出了巨大的跨越。創意人塞斯·沃納這樣解釋廣告概念的形成：

「客戶跟我們說：『我想找名人推廣，因為我希望推廣不局限於葡萄乾本身。我覺得，一個名人能讓它更有個性，更有內涵，這可能是我們靠產品本身做不到的。』而我們說，可以考慮賦予葡萄乾個性，讓它們自己成為名人嘛。我們（我和我的搭檔德克斯特·費德爾〔Dexter Fedor〕）最初的想法是讓一群葡萄乾在『我從葡萄藤（小道消息）中聽到了』（I Heard It Through the Grapevine）[10]的歌聲中起舞。然後我們又考慮葡萄乾長什麼樣。我們覺得它們應該很酷，有一點盛氣凌人。而作為反差，其他零食就不那麼酷，不那麼時髦。我們開始創造葡萄乾與其他角色之間的關係——比如乾癟的薯片、融化的糖果棒、把別人鞋子黏到桌子上的口香糖。葡萄乾穿著不用繫鞋帶的厚底運動鞋，戴著墨鏡；而椒鹽脆餅穿的是牛津鞋，糖果棒穿的是沙漠靴——它們的一切相形之下都不太時髦。

「我們希望消費者相信這些人物是真的。它必須以真實為基礎，否則你就不會買。這就意味著我們必須做出微妙精細的筆觸，而不僅僅是粗略刻畫，這樣才能使它獨特起來。」

透過聯想，所有這些人物都有了個性。看到這些人物，我們就會產生特別的感覺，而這些人物也證實了這種感覺。透過確立人物的背景資訊，這樣的聯想就能強化。

萊西是用家庭背景定義的。牠存在於家庭關係中。「萊西」電視系列劇的聯合製片史提夫·史塔克（Steve Stark）說：「我們把這條狗看成家庭的一員。牠是兒子最好的朋友，也是全家人最好的朋友。新一季《靈

---

10 編註：Grapevine（葡萄藤）亦有「小道消息」之意，此處一語雙關。

犬萊西》不是兒童劇，而是家庭劇。作為其中一員，萊西使這個家庭變得完整。因此，牠生病時，家裡人關照牠；家人生病時，牠又關照他們——真像是一家人。任丁丁是個拯救者，而萊西是知己和朋友。」

製片阿爾·伯頓說：「家庭背景是從舊版中保留下來的，並在新版中得到了強調。我們在劇中加入了一個女孩，她也與萊西有關。萊西對這個家庭的價值是，牠知道自己被這家人所需要。只有當觀眾感到『喔，有萊西在真好』，這家人的故事才得以進展。相較於任丁丁，萊西是隻更感性、更親密的動物，牠似乎是自動地進入了家庭的精神中。

「萊西是個好夥伴、好朋友。在這個親密關係變糟的時代——我認為我們的確生活在關係糟糕的時代，特別是人與人之間——有條狗真好。牠能給予你一種安寧的親密關係。在這個時代，你再也得不到這樣的親密關係了。」

我們把萊西的背景和另一非人類人物「金剛」的背景做比較。後者來自南太平洋，來自一個原始、黑暗、神祕、恐怖的背景。金剛帶給我們的聯想，包括對古代宗教儀式和活人獻祭的模糊知識，以及一種黑暗的性壓抑。牠的出身是未知的，而能夠撫慰牠的東西也似乎是一個謎。我們害怕金剛，因為我們把自身對未知的恐懼帶到了牠身上。

練習：請選擇一種特質，接著透過聯想拓展這種特質、梳理背景，創造出一個陌生的、帶有鱗片的外星生物。你會賦予它什麼特質？是強調戒備、恐懼、智力優越性，還是強調同情、友誼、可愛之處？你會對這個人物產生什麼聯想？聯想會變化，這取決於你強調負面還是正面的類人特質。

它的背景會是什麼？它是生活在地下深處，強調它有原始、黑暗的背景？還是來自天空，強調它有超自然甚至是無所憂慮的背景？

或者它生活在地面上，這可以使它更易親近？

8.3　奇幻人物——架空世界中的人物

奇幻人物生活在浪漫、魔幻、奇異的世界裡。那裡是矮妖、巨人、哥布林、巨魔和女巫的棲息地，可能是邪惡、黑暗的，但並不絕對。奇幻人物可能是危險的，但並不可怕；他們可能會使壞，但善良終將勝利。奇幻人物最後甚至可能得到救贖。

在魔幻背景下，人物的特質是有限的。有時，可以用誇張生理特徵定義他們——巨大如保羅・班揚[11]，或微縮如《格列佛遊記》(*Gulliver's Travels*)中的小人國居民。

另一些特質則可以用他們的魔法力量定義——例如亞瑟王傳說中的魔法師梅林（Merlin），或《綠野仙蹤》(*The Wizard of Oz*)中的西國魔女（Wicked Witch of the West）。

還有一些可以用「極好」、「極有智慧」、「極壞」定義。童話故事中幾乎所有的男女英雄和反派都符合這一描述。

儘管大多數奇幻型人物根植於童話故事或民間傳說，但也有一些新的人物被創造出來。其中包括《美人魚》(*Splash*)中的美人魚、《飛進未來》(*Big*)中變成大人的男孩，以及《魔繭》(*Cocoon*)中的安特利安人（Anterians）。

在電視系列劇《俠膽雄獅》(*Beauty and the Beast*)中，奇幻人物文森（Vincent）和寫實人物凱薩琳（Catherine）成為一對搭檔。有著隱祕、粗鄙和原始背景但又嚮往光明的文森，和摩登、住在高級公寓裡的凱薩

---

11 譯註：保羅・班揚（Paul Bunyan），美國民間傳說中的伐木巨人。

琳形成了反差。作為一個寫實人物，後者的情感得到了完全的描寫。她可以沮喪、悲傷、狂亂和勞累，也可以愛戀、體貼、理解和憐憫。

而文森的特質就局限得多。他不是個戴著獅子頭的寫實人物，而是維持在奇幻的限度之內。儘管外表扭曲，但文森的特質都是正面的。他體貼、憐憫、關懷。有時他也會思慕、渴望，但這無損於他靈魂的善良。事實上，善良就是他的定義特質。這部劇的風格是浪漫的，文森的英雄性使這部劇成為一個現代童話。

在廣告中，最成功的奇幻人物之一就是豌豆罐頭的快樂綠巨人。這一人物的創造過程，顯示出仔細選擇特別的特質，是如何製造出清晰、難忘的人物。

1924 年，一種新的香豌豆被推向市場，因其顆粒較大而被稱為「綠巨人」。李奧貝納廣告公司（The Leo Burnett Agency）受僱創造這個人物。多數人的意見傾向於創造一個奇幻人物。他們開始為這個巨人創造一個正面的背景——把他放到一個綠色山谷裡，使之承載健康和富足的聯想。

李奧貝納廣告公司的杭利・鮑德溫（Huntley Baldwin）寫道：「從內心深處，我們感到食物就是生存。在幾乎所有的原始文化中，好的神都會指引狩獵，允諾豐收。萬神殿即是要確保一切食物都充足、新鮮和衛生。而綠巨人就是這些神的直系後裔。和大多數奇幻人物一樣，我們從祂身上能知道很多細節。祂生活在一個盛產一切好東西的山谷。祂指引著那些在其間生活和工作的人們的命運。祂喜歡關心從播種、收穫到包裝的每個細節。」

有些特定的細節也被賦予這個人物，使其得到了拓展。「綠巨人是廣告明星，」鮑德溫說，「但在視覺上，祂其實看起來相當配角。祂的內涵卻又比外表豐富得多。他認真但不古板。他友善而溫情，所以他會

『呵，呵，呵』（ho-ho-ho）。而這種模糊性也有助於他的奇幻性。人們把祂想像成什麼，祂就是什麼，絕不僅僅是畫家或攝影師展現出來的那個樣子。」

鮑德溫強調綠巨人需要留在奇幻的背景內。曾有一則廣告把祂變成真人形象，效果就不好。「真人會摧毀情調和奇幻，提醒我們綠巨人是被編造出來的。這種奇幻讓人們『相信』綠巨人，而這並非純靠誇張就能達到的。動畫手法延伸了這種奇幻，讓觀者從一種象徵的層次而非從理性的層次來看待故事。」[12]

8.4 神話人物——讓英雄引出觀眾的切身渴望

我們討論過的三種非現實人物中，每一種都有其強調的特質、背景和（或）聯想。創造神話人物需要的元素也是相同的，此外還有一樣，即觀眾的領會。

普通故事和神話之間的差異，取決於觀眾如何看待。大多數虛構故事都能從某一方面打動我們，無論是讓我們哭、讓我們笑或是讓我們領會。但即使是大多數好的電影和小說，一旦看完了或讀完了，體驗便結束了。也許我們有時能記起一個場景或一個人物，但我們不會繼續體驗下去。

然而，當我們讀完或看完神話故事，我們會在體驗之後進入沉思的過程。故事中的場面和人物揮之不去，縈繞心頭。神話故事代表著我們自身生活中的意義。它用故事的形式幫助我們更能理解我們自身的存

---

12 原書註：Huntley Baldwin, "Green Giant Advertising, What It Is, Why It Is, and How It Got to Where It Is Today," The Leo Burnett Agency, March 1986.

在、價值觀和渴望。我們大部分人在看電影和讀小說時，都把個人的經歷投射到故事中的人物身上。

有時，神話和神話人物能夠鼓舞我們、激勵我們，促使我們嘗試不一樣的行動，或讓我們有了新的領會。從某種意義上，我們由於視自身為英雄或神話人物而成為更高大的人。

神話故事通常都是英雄故事，包含著英雄形象。他能夠克服征途中的一切障礙，抵達目標或獲得財富。作為規則，英雄在冒險歷程中也發生了轉變。隨著故事展開，我們可能會把它看成我們自身的英雄歷程。這個英雄歷程，也許是一個作家為了賣掉劇本或小說而必須克服的重重障礙，也或許是在尋找完整的愛情、工作或生活方式時所發生的種種問題。故事中的冒險之旅也許也會讓我們想起，當我們在尋找生活的意義和價值時，所經受的內心歷程。

很多影片都包含神話元素，比如一個英雄人物在歷程中克服障礙，但假如不能造成沉思和認同，它就不再是一個神話故事。考驗即在於，觀眾把什麼感情投射到故事中，故事和人物是否能幫助他們從更深層次上理解自身的生活。

例如，在最新的印第安納‧瓊斯系列電影《聖戰奇兵》（*Indiana Jones and the Last Crusade*）中，就包含了一個超群的英雄。為了尋找聖杯，他克服了各種障礙。表面上看來，由於包含了大多數必要元素，這似乎就是一個神話。

更深入地考察影片的同時，我們不妨問幾個神話上的問題：印第安納尋找聖杯的歷程和我們實現自身目標的歷程有無相似？他的故事是否鼓舞我們面對生活中遇到的障礙？影片是否使我們和自身經歷的關係更深一層？

對大多數觀眾而言，這些問題的答案可能都是不。這麼說並不會對

影片的趣味性和冒險性構成貶低，但卻確實意味著我們不能把它當成神話來分析。

你也可以對另外一些可以被稱為神話的影片問這些問題，例如《E.T. 外星人》、《第三類接觸》（*Close Encounters of the Third Kind*）、《銀翼殺手》（*Blade Runner*）、《星際大戰》、《機器戰警》（*Robocop*）等。

我們再來看一個人物，廣告中最成功的人物之一、被人們看成神話人物的萬寶路牛仔（Marlboro Man）。

「就跟大多數的虛構故事一樣，在廣告裡，」智威湯遜廣告公司的麥可·吉爾說，「你需要進入觀眾的潛意識，萬寶路牛仔似乎就做到了。在喬瑟夫·坎伯對神話的研究中，他提到，只要把男人和馬放在一起，那便有了一個『馬背上的男人』的神話。通常，這個男人是一個偉大的國王、一個神、一個騎士或者一個勇士。說到萬寶路牛仔，當然，這個男人就是西部的象徵──牛仔。人們尊敬他，並把他偶像化了。當人們抽菸喝酒時，他們不是隨便地抽或喝，而是同時聯想到一些能讓他們自我感覺良好的事物。

「當人物越能被大眾領會，就會有越來越多人將自己與之聯繫並喜歡這個人物。在萬寶路廣告中，有鬍子、刺青和白帽。如果採用黑帽那可能就會造成不一樣的廣告訴求。通常，他會跨在馬背上，處在廣闊的空間而非城市──城市是邪惡、莫測和危險的，鄉村才是好的。我們還會讓他與美麗的環境和美麗的動物處在同一畫面。動物是自由、放縱和歡樂的原始符號。新鮮的空氣和健康也很重要。於是當他馳騁時，就產生了一種自信的感覺。此外，他要嘛獨處，要嘛和其他男人在一起，但絕不能和女人在一起──那不是神話的一部分。進入神話領域在廣告中極為罕見，但萬寶路牛仔卻做得恰到好處。」

大多數萬寶路香菸的消費者可能很少出城，甚至連馬都沒騎過。但

他們會把意義投射到萬寶路牛仔身上。這個人代表著他們對新鮮空氣和開闊空間的渴望，也代表了他們的自信。

《俠膽雄獅》中的文森也可以作為例子。他既是奇幻人物，也是神話人物。超人可以被看作神話人物。蝙蝠俠似乎也是，蝙蝠俠的故事和人物似乎就影射著我們社會中的黑暗和精神變態。

古柏–彼得斯（Guber-Peters）娛樂公司製作部門的 VP 麥可・貝斯曼（Michael Besman）解釋了蝙蝠俠這個人物的創作過程：「蝙蝠俠是個沉默的復仇者，有點像機器戰警。布魯斯・韋恩是個人格分裂的億萬富翁。他為父母之死感到困擾，並決定為之復仇。作為財富的繼承人，他從小就生活在眾人注目下，這讓他很不自在。他被迫去應對壓力，被迫和公眾交流。但作為蝙蝠俠，他就不必再掩飾，而且可以釋放憤怒。布魯斯・韋恩必須生活在這個世界上，他有身分，而蝙蝠俠則不同。」

從某種意義上，布魯斯・韋恩必須處理好他的人類身分。他是一個寫實人物，卻選擇成為非現實人物，因為後者更簡單、更直接。擺脫了立體性，他也就擺脫了難以處理的人性痛苦。布魯斯・韋恩創造了蝙蝠俠，原因就是希望當時蝙蝠俠能夠挽救他父母。

貝斯曼對超人和蝙蝠俠這兩個人物做了比較：「克拉克・肯特對自己的祕密身分是相當有意識的。來到地球以後，他便逐漸成長為超級英雄，這幾乎可以看作是他超能力的延伸。而蝙蝠俠則是逐漸形成了痛苦、憤怒以及將之表達的渴望。

「觀眾對兩個人物的反應是不同的。我是超人漫畫的超級粉絲。我記得，我那時認為『要是真有超人該多好啊』。那就像知道上帝存在一樣，給人安全感。我不想成為超人，但我會喜歡跟他玩。然而，蝙蝠俠就辛苦多了。他要經歷很多事，情感上的牽掛也更多。他就和我們一樣，不像超人那樣神奇。超人純潔無瑕，而蝙蝠俠則是純潔無瑕的反面。」

蝙蝠俠的背景也決定了這個人物。在這類漫畫英雄中，有些人的背景是非常黑暗的。貝斯曼還說：「高譚市的呈現是寫實、粗礪、黑暗、心理學式的。這種地點上的誇張化，使觀眾可以完全領會迫使一個人成為蝙蝠俠的原因。」

最近，賣座片《歌劇魅影》刻畫了另一位神話人物——魅影。這個人物象徵著受傷、受害的人。詹姆斯・迪爾登在為該片寫作劇本時，便遇到了賦予人物神話色彩的問題。「在劇本中，我想做的就是創造一個幽靈。怎樣去描寫一個遭到可怕毀容、終生在地下洞穴生活，卻有著美麗靈魂、有著感受愛的能力的人呢？顯然，這不是一個真實的人物。一個生活在這種環境裡的真實人物一定是臭氣熏天、面目可怖、心理扭曲的。但是，以神話為基礎，我們就得到了這個人物。我認為，我們設法創造出了一個與電影故事脈絡相符、可信的象徵人物。這個人物的創造，起於一種價值，或說概念。這個概念就是一個被遺棄的人，他一方面具有可怕的缺陷，一方面又具有最美麗、最慷慨的靈魂。《俠膽雄獅》中的『美女與野獸』就是我創造這個幽靈時的範本。」

神話人物傾向於具有某些特質，這些特質通常都是英雄性的。他們被要求得很多，也有能力面對挑戰。隨著故事的推進，神話人物會改變，會變得更加強大或更有智慧。神話人物通常有一個神祕或黑暗的過去。因此有些背景故事雖然可能向觀眾暗示了，但最後可能不會揭示。

有時，編劇（和人物）知道過去，但故意使之成為祕密。這是因為，往事實在不堪回首，人物可能無力去處理，不願去提及。在這種情況下，背景故事是人物不可或缺的成分，但因其是神祕的，觀眾自會對發生過的事做出他們自己的詮釋。《原野奇俠》裡的肖恩——他某種程度代表了舊西部神話——就可以歸入這類人物。

有時，過去會被知曉，或在故事中被揭示。終生驅使並困擾著蝙蝠

俠的可怕事實，觸及了我們自身對復仇和著魔的領會。

　　每個時代都創造出新的神話故事幫助我們理解自身的生活。1930年代，《摩登時代》（*Modern Times*）中的查理・卓別林（Charlie Chaplin），表達出很多人對過度工業化的社會的不安和無助。而近來，《銀翼殺手》向我們展現了社會持續腐敗和人口激增這些自然後果。在關於貪婪神話的《華爾街》和關於善、惡、失落的純真的《前進高棉》中，奧利佛・史東也對神話人物進行了探索。《夢幻成真》（*Fields of Dreams*）探索了我們對往事、對一切皆有解的年代的懷念。《激情劊子手》（*Sea of Love*）和《致命的引吸力》則探索了存在於很多現代愛情關係中的孤獨以及固有的危險。

　　創造神話人物可能是很困難的。他們既需要人類那樣的多面性，又需要保留一定的神祕感。而且，有時候缺乏具體特徵使他們不僅能代表一個人，而且能代表一個概念。他們既是人類人物，又是象徵人物，並不偏向兩者中的任何一個。

　　神話的最終考驗在於它是否談及了觀眾的生活。然而，加入一些神話面向，可以深化人物並強化故事和觀眾間的聯繫。[13]

　　在與《百戰天龍》製作團隊開的研討會上，我們討論到為人物性格添加神話面向的問題。與會的美國廣播公司（ABC）主管威廉・坎貝爾三世（William Campbell Ⅲ）認為，為了使馬蓋先具有英雄性，讓他保持一定的神祕感是非常重要的，同時，本劇的力量就來自動作、智慧和情感的結合。而我建議探討一種新的英雄類型，通過以神話觀點討論人

---

13 原書註：可參閱喬瑟夫・坎伯的《千面英雄》（*Hero of a Thousand Faces*）和《神話的力量》、珍・休斯頓（Jean Huston）的《尋找愛人》（*The Search for the Beloved*），以及筆者的《編劇點金術》（*Making a Good Script Great*）第六章（其中探討了神話和電影劇本的關係）。

物，我們或許可以拓展他的性格以及他和觀眾之間的關係。

英雄的定義隨著時代變化，但這種變化非常緩慢。英雄曾經被定義為勇士、征服者、競爭者，簡言之就是行動者。馬蓋先當然是行動者，但他是另一種不同類型的英雄。他對情境的反應是非暴力和非競爭性的。過去的英雄是蠻荒的征服者，而馬蓋先則要保護地球。過去的英雄是粗俗的個人主義者，而馬蓋先是人道主義者，且具有團隊精神。他可以成為當代青年的新英雄。在這個很多年輕人陷於毒品、憂鬱症和無力感的時代，馬蓋先代表了反應和行為的轉變。

拓展馬蓋先這個人物包括兩個不同的方向。如果製作人希望讓他更具神話色彩，那麼他們可以創造更多關於當代重要問題的故事——從社會腐敗、生態問題到基因工程等——以顯示這個新英雄如何對這些問題做出反應並找到非暴力的解決方式。

為了增加他的神話面向，製作人可以利用人物過去某些神祕的或懸而未決的元素。這就使觀眾得以把他們對背景故事的詮釋投射到人物身上。

然而，由於馬蓋先有能力傳達情感和關懷，人物（和演員）的力量已經達到了相當高的程度。此外，他還具有立體性——神話人物很少具有這樣的特質。

因此，試圖把他變成一個經典式的英雄可能是個錯誤。馬蓋先是個情感明確的人物，在他的過去中沒有真正神祕的東西。

相反，你可以利用他處於科技社會的背景，利用他克服障礙的能力，利用他的某些超群特質。如果背景和聯想得到了拓展，那麼觀眾與他的關係仍然可以用神話來看待，而且這還無損他的人性，無損他的立體特質。

8.5 編劇現場：《回到大魔域》
——四種非現實人物一次搞定

　　1989 年春，我為《大魔域》(*The Never Ending Story*) 的續集《回到大魔域》(*The Never ending Story II: The Next Chapter*) 做劇本顧問。該片於當年夏天拍攝，預訂於 1990 年秋季上映。故事最初開始於寫實人物巴斯提安（Bastian）與他的父親，然後進入了一個名為「幻想國」(Fantasia) 的幻想世界。在那裡，我們遇到了很多奇幻人物，它們也是非人類人物、象徵人物和（或）神話人物。片中大多數人物都能歸入不只一類。

　　非人類人物有頑波族（Wambos）、風新娘（Wind Bride）、熔岩人（Lava Man）、泥疙瘩（Mud Wart）、雙面間諜小伶俐（Nimbly）、巨龍法爾科（Falkor）和噬石者（Rockbiter），最後兩隻在第一部也出現過。

　　其中，頑波族、風新娘、熔岩人、泥疙瘩也都是象徵人物。

　　編劇卡琳‧霍華（Karin Howard）解釋自己是如何創造它們的：「其中一些人物來自小說。頑波族是一群幫忙進攻城堡的小生物。我構思它們的那個夏天，藍波（Rambo）的海報貼得到處都是。我覺得，既然他們功能相似，又不能把它們叫成藍波，乾脆給它們取名『頑波』好了。我想到了軍隊的一些特徵，例如噪音和塵土。於是，這些小生物只憑弄出噪音和煙塵便可以造成戰鬥的假象。

　　「那些來自『密謀之船』(Ship of Secret Plots) 的人物——土、空氣、風和熔岩，純粹是為了做說明而被創造出來的。在第一部中，有個長者在執行這一功能。但我覺得這個長者太哲學化、太囉唆了，我需要更視覺化的表達。這些信使要把情況解釋給巴斯提安聽。我選用了土、風、火的概念，但把它們變成了土之生物、風之生物和火之生物。為了拓展

它們的性格，我給它們取了名字。一旦我取好了名字，我便又根據這些名字進行聯想。『樂器生物』（instrument creature）聽起來有點尖銳、有點刺耳，於是我把她設定成一支獨身的樂器，它代表聲音。泥疙瘩這名字顯然會發出呼嚕聲，它代表土。而熔岩人就代表火，風新娘就代表風。

「在小說裡，有一段描述了小伶俐——它們是和兔子頗為相似的信使。這些生物在『幻想國』的世界裡是跑得最快的。我選用了這個概念，創造出一個穿著跑鞋、戴著棒球帽的人物。我又想到，如果它跑得很快，那麼停下時它可能會很笨拙，說不定會栽跟頭。我還賦予它一個功能——為女巫服務，也許算是個間諜。然後，我又想到了一個詞——變節者。這樣，製作部門就必須創造出一個在外貌上能傳達出『變節者』概念的人物。我們讓它成為一種可以控制羽毛的生物。和女巫在一起時，它將羽毛合攏，展現壞的一面；和巴斯提安和阿泰尤（Atreyu）——好人們——在一起時，它亮出羽毛，展現好的一面。

「小伶俐和那個有著三張臉的嚴謹科學家一起工作。科學家的願望就是成為完美的工具。他既是瘋狂的技師，又是科學怪人，也是老女王（Old Empress）之城的守門人。

「最初，我賦予他一個樹脂身體，縱橫於他體內的各種管子清晰可見。如此一來，他就不只是個機器人了。現在的他更像一個身穿白大褂、長著三隻眼的巫師。

「在第一部中，我最喜歡的人物是噬石者。它是一種長著小眼睛和滑稽腦袋的笨重生物，以岩石為食。在討論會上，我們還想出了它的嬰兒形式——小噬石者。在第一部中，『幻想國』受到了『虛無』（Nothing）威脅，而第二部中，又受到了『空無』（Emptiness）的威脅。因此，『幻想國』中的岩石都沒了，小噬石者只好挨餓。可見，噬石者的功能就是深化『空無』的主題。

「巨龍法爾科在第一部中已經得到了非常好的定義。牠是導演和行銷人員的最愛。法爾科是最親切的人物、最友好的朋友。牠對人性有美好的理解，還很有幽默感。正是由於牠理解人性的弱點，所以總是以積極的觀點看人。」

這些非人類人物各有其功能。小伶俐和頑波族有敘事功能；作為信使的奇幻生物起到了說明功用；而噬石者深化了主題。

影片中也有很多人類人物。巴斯提安和他父親來自地面，其他人類人物則是從「幻想國」來的，他們同時也是奇幻人物。巴斯提安與一眾奇幻人物：札伊德（Xayide）女巫、天真女王（Childlike Empress）、幻想國勇士阿泰尤，也通通都是神話人物，在從「空無」手中拯救「幻想國」的歷程中，他們各有其作用。

卡琳還說：「巴斯提安是人類人物。因此，他也是最具自由意志、最不可預知的人物。他既可以做出完全錯誤的選擇，也可以做出完全正確的選擇。他和他父親是最立體的人物。

「幻想國勇士阿泰尤是個麻煩——他太乏味了，太『老好人』了。在小說中，阿泰尤有點嫉妒巴斯提安。但在電影中，製片覺得他們應該成為哥兒們。出於這個考量，我們削弱了嫉妒。他們之間的關係只是小插曲，對影片不具支配力。

「我想讓女巫札伊德性感一點。我要讓她成為非常任性、非常時髦的女人。我讓她在她的王位室中唱歌，讓她踢掉鞋子，讓她在不如意時煩躁。而天真女王則是個老好人，所以性感的札伊德女巫最後會說『我受夠了，該我出風頭了。我要接管幻想國，以神的名義起誓，我一定要這麼做』。當她的坦克和巨人故障時，她非常抓狂。透過這場故障，我創造了很多笑料，當事情不如札伊德想的那樣進展，她的反應開始變得滑稽。札伊德就是『空無』的代表，她是個與故事以及創造力背道而馳

的人物。

「天真女王是另一個重要的奇幻人物。在她身上，我花的時間最少。這是因為在第一部中，她已經得到了清晰的定義，而在這一部中她只有一個拍攝日的戲份。她是個聲音動聽、外表美麗的年輕女孩——好得無法用語言描述。所以你只需要寫些好聽的話讓她說就行了。她不知道什麼是善，什麼是惡。一切對她來說都是平等的，她也不做評判。在德語，我們會說她 kitschig（多情），這個詞對她來說很合適。」

實作練習課

如果你的劇本包含非現實人物，問自己以下問題：

- 這一人物傳達著什麼概念？
- 這一概念會讓人產生什麼聯想？我是否深思過這些聯想，確保它們與我想創造的人物相符？
- 人物的背景是什麼？改變或拓展這一背景是否有助於強化這一人物？
- 這一人物是否與觀眾經歷的普遍性相聯繫？如果我的人物是神話人物，我有無從神話的各個面向進行過探索以確保人物條理清晰？

小結

非現實人物取決於四個不同的標準：人物在多大程度上例證了一個概念？背景如何定義人物？人物帶給觀眾什麼聯想？人物是否有助於觀

眾理解自身生活當中與個人經歷當中的意義？

　　非現實人物在小說和故事中（《黑神駒》、格林童話、安徒生童話、《夏綠蒂的網》），在電影中（《E.T. 外星人》、《金剛》〔*King Kong*〕、《第三類接觸》），在電視劇中（阿福〔Alf〕、靈犬萊西、任丁丁）都取得了成功。最近，《蝙蝠俠》、《超人》、《福星與福將》（*Turner and Hooch*）、《歌劇魅影》的票房紀錄已經創造出更大的市場，並對有能力寫作非現實人物的編劇有更大的需求。

09

類型人物 ≠ 刻板人物

　　虛構可以是有力的。虛構人物有著從各個層次上影響我們生活的潛力。他們可以鼓舞我們，激發我們的行動，幫助我們理解自身和他人，拓展我們對人性的認識，甚至成為我們的楷模，指引我們對生活做出新的決定。

　　然而，人物既有正面影響，也有負面影響。有強力的證據顯示，犯罪行為有時就是模仿電視劇。很多研究斷言，電視中的暴力和兒童及成人的暴力間存在著關聯。此外，還有證據顯示，刻板描寫會導致觀眾對某個群體的人產生負面印象。因此，當編劇創造人物時，理解刻板描寫（stereotyping）和打破刻板印象（stereotype）是非常必要的。

　　我們可以把刻板印象定義為「用一系列相同的、狹隘的設定，對某一人群進行持續性的描繪所形成的印象」。刻板印象是負面的。它顯示人們對自身文化的某些特性有所偏袒，並對其他文化中的特性進行具有局限性的──有時是非人性的──描繪。

　　那麼誰會成為刻板印象呢？任何與我們不同的人，以及任何我們不理解的人。如果你是個白人編劇，那麼刻板印象就可能會針對黑人、亞裔、西班牙裔和美洲原住民等少數族群；反之，如果你是個少數族群編

劇，那麼刻板印象就可能針對白人。有生理缺陷的人會被描繪成刻板印象。此外具有智力障礙、情感困擾和精神疾病的人也會被描繪成刻板印象。

有宗教信仰的人群會成為刻板印象，無論他們是穆斯林、天主教徒、猶太教徒、基要派教徒（Fundamentalist）、新教徒、印度教徒還是佛教徒。

對立的性別也會成為刻板印象，無論是男性還是女性。與我們性向不同的人會成為刻板印象──男同性戀、女同性戀，有時還有異性戀。

比我們老的老人，比我們年幼的小孩，經常會成為刻板印象，還有那些來自不同文化環境的人。

刻板印象因不同的人群而異。女人和少數族群經常被描繪成受害者。特別需要指出的是，在很多影片中，他們是可以被犧牲掉的。他們要嘛是第一個死掉，要嘛需要白人男性去拯救。

有缺陷的人經常被描繪成「殘疾得可怕」，身體的畸形象徵著靈魂的畸形。他們還可能被描繪成可憐的受害者或是「殘疾超人」。這個詞有時被人們用來指稱那些以奇跡般的方式克服了自身缺陷，進而創下豐功偉績的「男超人」和「女超人」。

黑人經常會被描繪成滑稽人物、被嘲弄的笑柄，或是犯罪者。亞裔女性則經常被描繪成具有異域風情的色情對象。亞裔男性通常會被描繪成一群蠢蛋，但有時也會成為少數族群的楷模，他們家境富裕、舉止得宜。後者儘管並非負面形象，但也有其局限和庸俗之處──這種形象並未考慮到，亞裔人士其實與其他族群一樣，也被相同的問題影響著。

想想看，美洲原住民多麼經常被人描繪成嗜血的野人、酒鬼或是膽小的暴徒；西班牙裔多麼經常被描繪成黑幫成員或歹徒，或者正如劇作家路易士・沃德斯（Luis Valdez）所說：「這種假想就是，西班牙裔的故

事只能發生在西南部，發生在土磚牆後，發生在鐵皮屋頂下。」[1]

即使白人男性也難逃刻板印象。男性英雄特質的強調——無論是沉默堅強還是超有男子氣概——其實也就否定了男人群體中的其他形象及其身分認同。作為家庭主夫、按摩師和教師的男性會感到自己對社會的貢獻遭到貶低。思考型的男性和有同情心的男性也很少能看到可以真實反映他們的男性形象。

大多數社會群體，從金髮女祕書、籃球員、白人盎格魯－撒克遜新教徒（WASP）、越戰老兵到律師，都不時遭到刻板描繪。很少群體能免除這種將人的複雜性簡單化的自然欲望。無一例外。

人物類型和刻板印象不是同一回事。蒼老昏聵的父親或吹噓自大的士兵，都是人物類型，而非刻板印象，因為這種描繪，與其他種父親或士兵形象的描繪取得了平衡。讀者和觀眾不會因這一形象得出「所有的父親都蒼老昏聵」或「所有的士兵都吹噓自大」的結論。人物類型並不會暗示特定群體（例如父親）中的所有人都具有同樣特質（例如蒼老昏聵），而刻板印象就會。

9.1　打破刻板印象的技巧

儘管很多編劇的出發點是好的，但在虛構人物中，白人還是佔據了支配地位，而且未能得到如實描繪。美國的人口中包括 12% 的黑人、8.2% 的西班牙裔、2.1% 的亞裔和 2% 的美洲原住民。此外，全國總計

1　原書註：路易士・沃德斯引述自克勞迪亞・潘（Claudia Peng）的採訪。原文見〈拉丁裔作家聯合反刻板印象〉（Latino Writers Form Group to Fight Stereotypes），載於《洛杉磯時報專刊》（*The Los Angeles Times Calendar*），1989 年 8 月 10 日。

有 20％ 的身障人士。但大多數作品都未如實描繪。

在一份針對電視劇的分析報告中，美國民權委員會（USCCR）發現，儘管美國人口中只有 39.9％ 是白人男性，但在電視劇中，白人男性人物的比例卻高達 62.2％。

同時，美國人口中包含著 41.6％ 的白人女性和 9.6％ 的少數族群女性。然而，電視劇卻極大地忽視了她們。這份分析報告指出，在所有電視劇人物中，只有 24.1％ 是白人女性，而少數族群女性更是只有 3.6％。[2]

在一個 95％ 的女性都走出家門進入職場的國家裡，「居家女人」的刻板印象已經不再真實。在一個神學院和法律學院學生有 40％ 是女性的國家裡，電影和電視劇中只有偶爾才會出現女律師、女法官或女部長，這是一種扭曲。在一個女人能做飛行員、技師、電話修理員甚至拉比（rabbis）[3]的國家裡，對社會的如實描繪應該表現出擔任這些職位的女性人物。只把白人男性當成理想人物便會忽視我們文化中人的多樣性。

這些資料有助於編劇決定把何種人物添加到故事中。儘管社會中，每個城市面貌特徵都有所差別，但這仍然是一個好的起點。如果要在故事中真實地表現舊金山，那麼你就有必要提高亞裔和同性戀人物的比例。如果你在寫一個以洛杉磯為背景的故事，那麼西班牙裔人物的數量就會多一些。如果故事設定在底特律或亞特蘭大，那麼黑人就會為數不少。

擺脫刻板寫作意味著我們要訓練自己的眼光不僅限於白人。而創造

2　原書註：數據引自華盛頓的美國民權委員會的報告《片場中的虛假》（*Window Dressing on the Set*），1979 年，第 9 頁。

3　譯註：猶太神職人員。

人物在某種程度上就是對我們的觀察力的再訓練。在任何設定中，我們都習慣首先注意那些佔多數的人群。例如，如果你在 1950 年代造訪我的家鄉——威斯康辛州佩許蒂戈鎮（Peshtigo，人口數 2504），你就很容易得出一種俗套，即一個安靜的中產階級白人社區，新教徒與天主教徒各佔一半，還有極少數不去教堂的居民。

　　如果你做更細緻的觀察，你就會發現社區中的差異性。在那個時代，佩許蒂戈鎮上還有一個開電器行的猶太家庭、一個戰後移居來的拉脫維亞家庭。在夏天，還有些墨西哥人來到鎮上，為附近的醃菜廠挑揀大黃瓜。有個來自附近保留區的梅諾米尼印第安人（Menominee Indian）偶爾會到我父親的藥店買東西。有個小個子會照顧孩子們放學時過馬路。有個五年級女孩有精神障礙，有個八年級女孩因癌症失去了一條胳膊。此外，還有四家人非常富裕，有三家人非常貧窮。

　　幾年以後，如果你再看看這個看似平靜、看似什麼也沒發生的城鎮，你就會發現有些細節打破了刻板印象：三個搶匪搶劫了鎮上的州立銀行並於六小時後被捕（他們竟然逃進了鎮上唯一的死巷）。越戰期間，有個反戰的激進牧師出於對自己宗教組織的不滿，在鎮上領導了一次地方性抗議遊行。最近幾年中，還有三個人的形象全國聞名：在鄰鎮建立第二個家庭的 F・李・貝利（F. Lee Bailey）律師，與越南美萊事件（My Lai）[4]有關的梅迪納（Medina）中士，還有唯利是圖的尤金・哈森富斯（Eugene Hasenfus）。

　　在對佩許蒂戈鎮的描述中，你可能已經注意到了：很多人是不能僅用他們的種族（猶太家庭、新教徒）或人物（店主、反戰分子）定義的。

4　譯註：美萊事件（My Lai Incident），1968 年 3 月，美軍在美萊村對數百名越南俘虜和平民肆行強姦、虐待和屠殺等暴行。

作為起點，考察自身背景中的差異性，可以使你確認已經做過的總體研究。任何來自你自身生活背景的人都可以成為少數族群人物的良好原型。

為長篇或短篇小說添加少數族群人物相對容易一些——你只需把他們寫進去就行了。但對劇本寫作而言，加入一個印度裔醫生或一個韓裔修理工在選角時就面臨抉擇了，問題會很複雜——選角導演和製片不會經常想到要在故事中加入少數族群。但編劇仍有可以做的事：

電視劇《警花拍檔》的前監製暨首席編劇雪麗‧李斯特（Shelly List）說：「我很關心少數族群的描繪問題，因此我寫作時通常會加入少數族群。我不會寫得太籠統，或是仰賴選角導演的奇想。我會註明學校裡的學生既有亞裔，也有黑人和白人。我還會提到西班牙裔法官、黑人工程師或亞裔新聞女主播。電視台通常不會提出質疑，甚至不會注意。當劇本送到選角導演手中，他只要遵循明確的指示就行了。」

最近幾年許多最受好評的演出，是來自少數族群出演的那些並非專門為其訂做的角色。這些角色本來可以是由白人男性飾演的，例如：艾迪‧墨菲（Eddie Murphy）在《比佛利山超級警探》（*Beverly Hills Cop*）中的角色本來是為席維斯‧史特龍寫的；《軍官與紳士》（*An Officer and a Gentleman*）中路‧戈賽特（Lou Gossett）的角色本來應由白人飾演。《異形》（*Alien*）中雪歌妮‧薇佛（Sigourney Weaver）飾演的那個角色本來是個男性。琥碧‧戈柏（Whoopi Goldberg）最近出演的角色，也都不是專為少數族群訂做的，有些甚至不是為女性訂做的。在這些角色中，演員自身的文化背景為人物添加了某些特殊的東西，而角色本身也並不由性別、文化和種族定義。

大部分的少數族群演員更喜歡以這種方式出演，而不是黑人演員只演黑人角色，或者身障演員只演身障角色。

練習：想像你創造出一個場景，它位於美國大城市的一間旅館內，其中
的人形形色色。你會創造什麼樣的黑人人物？什麼樣的西班牙裔
人物？什麼樣的身障人物？這些人各有什麼職業？性別、年齡、
信仰如何？

9.2　描寫其他文化背景的人物

　　要寫一個來自其他文化背景的人物，首先應該使其成為一個完整的
人，使其具有豐富完整的情感、態度和行動。其次，要理解特定文化對
人物性格的影響。正如你創造的其他人物一樣，一個來自其他文化的人
物既要和你自己相同，又要和你自己不同。

　　擺脫刻板印象要求編劇進行一定分量的特別研究。有時，編劇近年
所得到的知識也會跟不上當前的形勢。男人、女人、身障人士和少數族
群都在隨著時代進步，並且在社會中主張各自的權利。當你在寫某個群
體時，加入他們並與他們相處、或向他們詢問建議，都是非常重要的。
有很多組織諸如全國有色人種進步協會（NAACP）、Nosotros（一個西
班牙裔社團）、同性戀藝術家聯盟（Alliance of Gay and Lesbian Artists）、
亞太裔美國人協會（Asian-Pacific Americans）、加州身障人士就業委員
會（California Governor's Committee for the employment of Disabled
Persons）等，都可以為你提供解答和建議，並為你故事中的描寫提供諮
詢。

　　你也可以讓少數族群者閱讀你的劇本或小說，以徵求他們對其中描
寫的意見。對女編劇而言，讓男性閱讀你的劇本素材是很有幫助的。而
男性編劇也可以找女性讀他們的故事。人物的細節是非常微妙的，為了
創造完全的真實，經常需要某個能理解人物內在的人去釐清它們。

幾個月前，威廉・凱利（《證人》的編劇）打電話向我詢問一個他正在創作的信教人物。由於他知道我是個貴格會教徒，所以希望能確認他筆下的一位貴格會女性的人物細節。他提出的問題顯示出他做過很多研究，而且非常敏銳。接著，他又給我讀了一段為這個人物而寫的禱文。我告訴他：「你寫的是衛理公會教徒，而不是貴格會教徒。」我們的談話確認了他筆下人物的方向，也釐清了禱文這一重要細節。

練習： 設想你在寫作一個葬禮場景。如果這個葬禮和你自身的文化背景相異，它會是什麼樣？想想看你曾經參加過的其他文化背景的葬禮。其中有什麼差異？你會如何找出猶太葬禮、南方黑人葬禮和貴格會悼念儀式（Quaker memorial service）之間的差異？

　　再想想你參加過的婚禮。其中有什麼差異？這些各式各樣的婚禮如何表達出新郎和新娘的文化背景？

9.3　刻板人物檢測：電影中的女性——盧米納斯獎

　　鑒於刻板印象造成的危害，很多群體發出了日益響亮的聲音，要求媒體對女性和少數族群做出更真實的描寫。

　　1983 年，為了改變媒體對女性的描寫方式，一個名為「電影中的女性」（Women in Film）的國際組織設立了一個獎項——盧米納斯獎（Luminas Award），以回報那些對女性給予了積極的、非刻板描寫的影片。作為委員會的主席，我設定了一些標準，以幫助我們辨認刻板描寫和積極描寫的女性人物。

　　這些標準也可供編劇、製片和導演用以突破任何浮現在人物中的刻

板印象。

這些標準原來共有八個。在這篇人物檢測中，我只著眼於其中的五個，它們對於塑造女性人物和少數族群人物是最具實用性的（全部八個標準見 P.250）。

非刻板人物是多面的

刻板人物通常都是單面的。他們或性感，或暴力，或貪婪，或專制。立體的人物包含著價值觀、情感、態度和矛盾性。突破刻板就意味著使人物人性化，顯示其深度和寬度。

非刻板人物的社會角色、個人角色以及背景都是多樣的

通常刻板人物是以其充滿限制的角色及背景所定義的。一個女人可能只被看作是上司的妻子、母親、祕書或 VP。立體的人物則扮演了多重角色，存在於多重背景之中。他們不能被限制。他們既是個體，又是處於關係中的人，是各自文化、職業、地域和歷史的產物。為其添加更多角色和背景將會拓展人物並突破刻板印象。

非刻板人物廣泛地反映出當今社會中人們的年齡、種族、社經階級、外觀和職業

為了突破刻板印象，故事需要更加真實地描繪社會的特徵。在電視中，大多數女性都是年輕、美麗、富有的，這掩飾了年過四十女性的重要貢獻，也掩飾了女性賺的錢比男性少的社會事實。在大多數故事中，少數族群被貶低得只能從事少數幾種職業並處於較低的社經階級，這是對他們影響力和貢獻的扭曲。從統計學角度來理解你故事中的社會，並如實反映它，將會豐富你故事的色彩。

非刻板人物通過態度、行為、內在目的來驅動故事，進而影響結局

刻板人物經常是被動而非主動的。他們被故事所控制，並成為故事中那些更有權力的人物的犧牲品。相反地，立體人物則是遵從自己意志、而非任由外部支配的。他們會影響故事，驅動行動，改變結局。賦予人物目的性將會使他們得到強化，使他們從犧牲品變為對故事施加有力影響的人物。

非刻板人物所具有的文化背景，將使他們得以反映自身文化，為我們提供新的認識並成為新的楷模

刻板人物很多都被寫成一個樣。

儘管他們各自的背景讓他們擁有各不相同的觀念，但他們的舉止卻全都與白人男性無異。事實上，現實中的女性或少數族群已多次展現出，對於同一問題他們會有不同的態度，對於如何解決也有不同想法，提出不同的因應方案。

某些情境下，來自不同文化背景的人物，他們所提出的全新觀點，將為你的故事添加富啟發性的細節，並提供不流於俗套的轉折，而若故事中僅擁有一群來自同一文化的人物，是無法達到這種效果的。打破刻板印象，意味著認識到不同文化背景的人們所能做出的貢獻。當你重視他們所提供的東西，這些與你的文化截然不同的人物，將能為你的故事添加色彩、質地與獨特性。

第一屆盧米納斯獎於 1986 年頒發。寫作本書時，該獎項在日後有望重設的前提下，目前已停辦。但是，這些標準依然可以被業內人士用於他們自己人物的創造。

實作練習課

想想你認識的非裔、西班牙裔、美洲原住民或亞裔。再想想媒體是怎麼描繪他們的？這和你自己的認識有何不同？這些族群有哪些是你從未接觸過的？關於這些人，你認為哪些認識是正確的？嘗試去尋找真相，當你在故事中寫到某一族群時更要如此。

把人物檢測中的那些標準用於分析最近看過的影片。每部影片的薄弱和有力之處各在哪裡？在不損害故事的前提下，可以做哪些改進？

想想你的家鄉。你所熟知的人們當中有無差異性？有沒有來自其他文化的人是你未曾接觸過的？你本身對這些人有無偏見（刻板印象）？你怎樣打破它？

想想你劇本中人物的背景。你曾否探索過特定地域內不同文化的人物間的差異？為了做出精確的描繪，你是否還需要進一步研究？找一個你認識的少數族群成員，讓他閱讀你的劇本，並請他針對如何拓展人物更多面向，給予建議。

小結

打破刻板印象不是靠寫作者自己就能完成的。前文提過的各個組織都有文宣或刊物，能讓你更進一步瞭解特定的少數族群人物。他們大多數還提供寫作者其他可利用的資源，比如為你劇本中的少數族群描寫提供諮詢。

添加對女性和少數族群的積極描寫，不僅能拓展故事的色彩，也有助於創造出更有力、更清晰、更立體的人物。

10
你寫人物為何卡關

　　寫作者們會遇到困難，人物們也會遇到困難。有時候，想法就是不來。有時候，人物似乎哪裡也不肯去。所有這些基本問題──人物需要什麼？這個人物是什麼人？他／她在故事中做什麼？──都似乎得不到任何解答。對某些作者而言，這樣的時刻令他們愁眉不展。而另一些作者只把這當成創作過程的一環。

　　有時，作者們在人物上卡住，可能只是由於過度操勞疲倦，導致頭腦無法正常運轉。

　　有時，人物問題的產生是由於研究做得不夠。如果不理解人物的背景，那麼他們就不會奏效。

　　還有些問題是由於創作者們把過多時間用於寫作而停止了生活。作家卡爾・索特說：「你必須嘗試去生活。你必須意識到自己不只是個創作者，意識到外面還存在著一個世界。如果你不進入這個世界，你就會錯過正在發生的事情，你的寫作能力也就發揮不出來。」

　　人物問題是再平常不過的事，每個創作者都遇到過。通常，問題可以被分為以下幾類：

10.1　你的人物不討喜

當茱蒂絲・蓋斯特寫《凡夫俗子》時，她在理解貝絲這個人物上遇到了困難。她說：「在定義情節和驅動故事上，貝絲是很有效的。但作為創作者的我看來，她卻是一個失敗的人物。很多人都對我說『我討厭她』。作為一名作家，這是我自己的失誤，因為我的本意不是讓人們討厭她，儘管在開始寫作時我的確討厭過她。我曾經因為康拉德的遭遇而責怪她。但寫得越多，情況對我就越複雜，我就越少去責怪她。由於害怕發現自己對她的內心活動知之甚少，我決定不進入她的頭腦。同時，我告訴我朋友，同行的小說家蕾貝卡・希爾（Rebecca Hill），說自己無法進入這個人物。她回答說：『我告訴你為什麼吧。因為你討厭她，所以她不肯向你揭示自身。』

「有時，作家不理解人物，是由於他們討厭自己的某些部分，而這些人物反映了這些部分。我覺得，進入這些部分並去感受它們，有助於你處理人物。我的確認為，我們所有人都有殘酷、愚蠢、任性的一面。人物身上所有你不喜歡的特質，就是你試圖在自己身上糾正和壓抑的特質，就是你假想自己身上不存在的特質。而當你在別人身上看到它們時，你就會怒火中燒。所以，我覺得接受你自己的這些部分或許是個辦法。你甚至可以去愛它們，因為它們是你自己的一部分。」

編劇暨導演勞伯・班頓贊同道：「有些人物是我必須寫又不能寫的，因為我不喜歡他們。於是，我覺得必須去尋找其他人物。然而，這樣就經常會寫出一個根本不該存在的人物。這種解決方式從來都是無效的。」

如果一個人物反映了你自身的陰影面，他／她就很難討你喜歡。然而，理解並接受自身的心理，會使你更有能力去寫作那些你認為是負面的人物。

10.2　你的人物拒絕被你理解

　　作家經常無法認清他們筆下的人物。無論下多少功夫，人物還是在回避他們。編劇法蘭克・皮爾森（Frank Pierson）建議可以寫出劇本中沒有出現過的場景，這將讓你更瞭解這些人物：「也許，你對人物以及彼此間的關係瞭解不夠……有一種處理方法是，把這些人物放進和劇本完全無關的場景中，例如：其中一人點了午餐但又把它退回廚房，其他人則為此人的行為感到羞愧。他們會如何談論此事？如何爭論乃至爭吵？在雨中的聖塔莫尼卡高速公路上，這些人物會如何更換輪胎？在午夜的底特律，他們如何把一百塊換成零錢？寫下這些場景幾乎比其他任何方式更能讓你瞭解這些人物。」[1]

10.3　你的人物面目不清

　　人物就像人一樣，是獨特、複雜、具體的。有時，人物不奏效是由於他們過於籠統和模糊。

　　勞伯・班頓說：「如果寫得不夠周到，我就會發現人物是籠統的而非具體的。也就是說，他們僅僅是出於情節需要而產生的。如果人物寫得好，他們就會對情節產生影響並迫使情節適應他們。他們不是情節的工具，也不是你傳達某種道德觀的工具。有時，我使人物變得過於單調；有時，我讓他們評論自己；有時，我把他們變成了抽象的概念。如果這些情況發生了，我就拋棄他們，並從頭再做構思。我最常做的，就是以

1　原書註：Frank Pierson, "Giving Your Script Rhythm and Tempo," *The Hollywood Scriptwriter*, September 1986, p. 4.

一個我知道或認識的人作為人物原型。如果你選擇了一個熟識的人，那麼你必定對他相當瞭解。如果我寫的人物，其原型是一個電影人物，也就是來自其他電影的人物，我寫起來就會很困難。如果我嘗試寫一個約翰‧韋恩（John Wayne）式的人物——例如《赤膽屠龍》（*Rio Bravo*）中的那個，那麼人物就絕不會鮮活生動。我試過很多次，但只有當我把寫實人物和虛構人物重疊在一起時，才會成功。我反覆使用某些人——使用他們的不同面向。我就以我的妻子為人物原型，以二十多種不同面貌呈現在我的許多劇本中。

　　「在寫《克拉瑪對克拉瑪》（*Kramer vs. Kramer*）時，達斯汀‧霍夫曼教會我一件有關寫作的事，也就是每個人物在每個時刻都是具體的。當我們為影片工作時，他真的讓我認識到，人物在任何時刻都不能是籠統的，他必須具體而精確。」

10.4　你的人物不商業

　　大多數美國製片和演員需求的人物特質，是具有同情心且正面的。這就會造成人物創作上的問題，特別是當一個編劇創造了完整、迷人但具有負面特質的人物時，這個人物在美國市場卻是不管用的。

　　編劇寇特‧呂德克說：「我正在寫的這個人物有點寫不下去了，並非是卡在人物本身。我非常瞭解這個人物，也許有點太瞭解了。然而他不是個商業電影英雄。如果我不用為此憂心，我還可以為這個人物添加一些有趣的東西。但是，這份職業的其中一部分，就是找出一個五千萬人都想看的人物。」

　　在這種情況下，創作者可能需要重新思考人物，或加入一些正面特質，平衡其缺陷。

10.5　你的配角喧賓奪主？還是配角太過「配角」？

有時，配角「接管」了故事。對此，創作者們有兩種不同觀點。劇作家戴爾・沃瑟曼說：「這是個麻煩。如果配角喧賓奪主，我就會認為故事的概念或結構出了問題。這代表我從一開始就思考得不夠透澈，而這經常發生。通常，它說明你是在拼湊而非構建故事。在拼湊的過程中，人物失去了平衡，沒有恰如其分地為故事服務。」

然而，有時這也有好處。勞伯・班頓說：「在《心田深處》中，艾德納・斯伯丁（Edna Spalding）接管了故事。本來，這個故事是關於德州的走私犯。艾德納作為一個配角進入了影片，並把其他人都推出去了。在寫作中，我最喜歡的就是讓人物接管故事。我不喜歡拽著人物走，這意味著我做錯了什麼。有時，讓人物接管故事是最好不過的事。」

有的人物會過於順從。它似乎成了創作者的提線木偶，它沒有跟其他人物一起進入一種動態關係，也沒有在故事中表達出自己的觀點。

謝利・洛文科普夫說：「對初學寫作的人來說，其中要學的一件事，就是讓自己退後，並為人物保留空間，令其能在故事中拓展。有時，讓人物獲得自己的生命對產生張力和懸念是十分關鍵的。」

10.6　是「人物」出問題還是「故事」出問題？

有時，人物不生動是由於故事出了問題而非人物出了問題。寇特・呂德克解釋道：「當人物真的出了問題，我首先想到的不是修補他而是甩掉他。如果你試圖修補他，你總是可以做些什麼使他有趣。但是，這麼做非常刻意。為他們想出某種行為模式、有特色的小動作、往事、服裝或個人風格並不困難。我不否認這麼做還蠻有娛樂效果的，但它會令

我感到不安。我認為，與另外再寫一個更有生命、更有趣的人物相比，這種權宜之計有點廉價。我寧可甩掉一個拒絕生動的人物，並尋找另一個願意生動的人物。

「也許，有些故事上的特定原因使你不能甩掉這個人物。但是，故事是可以再經鍛造的。如果人物不生動，也許你需要從故事層面去檢視──可能有些故事瑕疵是你未曾發現的。如果這個人物必不可少，如果故事也是正確的，那麼他憑什麼不肯生動起來呢？可見，這必定是故事出了問題，而非人物有了瑕疵。我猜想當你正在推動情節時，你會想利用某個人物進入故事、打開故事的機關、然後離開。也許你覺得這是個不錯的故事手段，但假如它不奏效，我首先會去考察故事。

「如果我出於故事原因不能刪掉這個人物，我接著會想，這個故事非常脆弱，它依賴著的是一個喪失功能的人物。問題看似是人物方面的，實則是故事方面的。」

10.7　卡關時的通用撇步

人物問題是可以解決的。老練編劇們有很多技巧可以幫助我們突破人物障礙。

小說家蓋爾·史東說：「有時候，一種名為『自由寫作』（free writing）的技巧會有幫助。基本上就是，寫任何你認識的人，寫任何你想像的人，寫任何你看到的場景，甚至只是描繪窗外的景色。這經常有助於你聯想出情節、故事、人物問題的解法。」

小說家謝利·洛文科普夫說：「當我卡住時，我會考察主要人物的隱藏使命──他們真正想要的是什麼。發現他們的隱藏使命有助於我再次理解人物。」

寇特・呂德克說：「如果你在一個人物上卡住了，那麼找別人讀一下這幾頁。他們會說『我不理解他／她為什麼這樣做又那樣做』。這會刺激你的想像，把你從自己的觀點中『敲』出去。

「如果問題一直出現，那你就問一下自己『如果』。『如果這個人沒有左腳呢？』、『如果這個角色十五歲時發生過一些事情呢？』

「如果你的主要人物不起作用，那你就真的有麻煩了。若是你的配角有問題，那麼修改就容易得多。你可以研究它，或者尋找另一個能在故事中做相同事情的人物。

「如果我只用一種方法修改主角或配角，我就會試試『性別轉換』。試想『假如德維是蘇茜』，這經常會使很多事豁然開朗，使人物產生一系列新的態度和新的刺激。這是因為，你對待男人和女人時必然存在偏見和雙重標準。」

編劇卡琳・霍華說：「有時，你只是有了一個名字，但什麼也沒發生。我認為，名字是很重要的。很多名字能帶來聯想。取個帶有正確聯想的正確名字能夠使人物生動起來。」

編劇詹姆斯・迪爾登說：「如果我卡住了，我會和我妻子談談。把問題攤開，推敲它，談透它。這就是偉大作家離不開偉大編輯的原因。他們把手稿交給編輯，後者給出評論、提示和建議。這並不意味著作家不瞭解自己的工作，這只意味著他們只見樹木，不見森林。」

洞察人物問題有助於編劇們認識到「沒必要被它壓垮」。在創作過程中，人物出問題是很自然的事。這是人物們和編劇們尋找自我之路的一環。

10.8 編劇現場：《遠離非洲》 ——當你的人物是「真人真事改編」

　　偶爾，有些人物問題從未被編劇解決，即使最好的編劇也會如此。也許可以說，基於真實人物的寫作尤其困難。有時，是對此人的研究缺乏充足材料；有時，是劇中缺乏衝突、或沒有足夠清晰的欲望和目標，無法使此人成為一個有效的戲劇人物。像這樣的人物問題，今後也都會一直纏擾著編劇，無論他／她的技巧有多麼高超。

　　1985 年，《遠離非洲》贏得了奧斯卡最佳改編劇本、最佳導演、最佳影片等獎項。然而許多評論認為，電影中丹尼斯・芬奇–哈頓（Denys Finch-Hatton）這個人物的再現是有瑕疵的。編劇寇特・呂德克對此表示贊同。

　　寇特對於當初著手角色問題的過程有許多心得，我決定採用芬奇–哈頓的例子作為這次的編劇現場。

　　寇特・呂德克說：「我們從未解決掉丹尼斯的問題。研究沒有幫助。他真是一個深思熟慮、不可捉摸的人。他不希望被人瞭解，也採取了實際措施避免被人瞭解。他要求朋友們讀完他的來信便將其燒毀，藉此掩蓋自己的行蹤。人們描述說，他就像一隻非洲野貓（African cat）——這是一種與豹類似的動物，只出於非常特別的原因才會活動。即使是原住民也不瞭解他。因此，我無法從他身上得到任何戲劇性的東西。我瞭解到的關於他的一切似乎都是消極的，而且我也找不到使他變得積極的好辦法。這是一種非常奇怪的寫作問題。我認為真相就是，他的欲求非常少，也不希望自己被任何欲望控制。他嚴格要求自己『無欲無求』。但我卻想不出有趣的方法能讓『無欲無求』戲劇化。

　　「我認為，如果我放寬一點，拋棄某些關於芬奇–哈頓的真相，我

就能寫出這樣一個人物——他會說,『我不關心你怎麼想,一點也不關心。這個國家缺少的是女人。我愛你只是因為你有著非常美麗的皮膚,我要的只是這個。』我可以寫一個具有某種特定態度的人物,他會顯得積極一點,也讓演員有事能做。

「但是,作為一名編劇,我認為讓真實人物說假話是很難的。我存在道德困難。這麼做會讓我感到負擔。畢竟,我是在處理真實的素材,而我又碰巧很關心這個文學人物[2]。要是我必須這麼作弊,那我就不拍了。如果真要這麼做,我們可能就不會給它取名為《遠離非洲》,我們會把她改名叫雪麗,把他改名叫比爾。我不認為可以無所顧忌地改編《遠離非洲》。若你要改編,就該好好改編。」

要使一個人物本質上具有戲劇性,他就必須具備很多特質,其中之一就是人物的意圖。「這個人物要什麼?」是很多製片和執行製片會問的問題。但對丹尼斯而言,答案似乎是「什麼也不要」。

寇特又說:「我並不瞭解真實的芬奇–哈頓,但憑我對他的僅有認知,我猜想並相信,他是一個非常自給自足的人,他欲求的真的不多,他欲求的他都有了。本質上,他是個一點都不戲劇性的人。你可以只拍一部描述他外在行動的電影,因為他的生平確實相當電影;但是關於他的內在性格,全是未知的。某種程度上芬奇–哈頓是有趣的,但那是凱倫·白列森(Karen Blixen)讓他變有趣的。她的欲望、需求、動機和處境使他變得有趣。實際情況是,如果我們真的願意完全虛構芬奇–哈頓,這個版本的芬奇–哈頓就不適合跟凱倫·白列森配對。如果要忠於

2　編註:丹尼斯·芬奇–哈頓(1887–1931)是英國貴族、大型獵物獵人,同時也是丹麥貴族凱倫·白列森(Karen Blixen,筆名伊薩克·狄尼森〔Isak Dinesen〕)的愛人。白列森將丹尼斯寫進她 1937 年的自傳文學《遠離非洲》(*Out of Africa*)中。

真實，波爾（Bror）要有趣得多，我可以整部影片都寫他和凱倫的婚姻。」

但是，影片是著眼於愛情故事的。於是，寇特試圖用其他方法定義丹尼斯。

「我們試著假設他由於太過自給自足而出現了問題。影片中有一個虛構但不矛盾的場景就符合這種假設。丹尼斯最好的朋友伯克利·科爾（Berkeley Cole）將不久於人世。丹尼斯發現伯克利多年來一直和一位索馬利亞女人維持關係。他震驚於這個發現並問道『你為什麼不告訴我？』伯克利回答『我覺得我不太瞭解你。』其實，我們正是基於對丹尼斯的疑惑，去構建伯克利這個人物的。我們覺得，如果我們不夠瞭解丹尼斯，那麼伯克利可能也是如此。」

寇特回憶說，他曾經考慮過改動某些對白。這些對白本來是為英國腔寫的。「我確實覺得某些場景採用英國腔會比較好。不過如果事先知道我們不打算採用英國腔，我也會很高興能有機會把對白寫得更精妙，就算如此，問題仍無法解決。一個沒有人能真正理解的人物，會讓問題始終存在。

我又問寇特，他有沒有其他方法？在這種情況下我們能學到什麼？其他編劇在面對這種問題時，他會有什麼建議？

「我覺得，從實務層面來說，我們要很小心非小說類的文學作品，要理解你已準備好虛構一個人物到何種程度。我認為在這方面不存在什麼規則。我非常贊同某些人的觀點，即『我的工作不是研究歷史，我的工作是盡可能拍出最有戲劇感的電影，我要做的就是這個』。如果有人問我『你怎麼看待《巴頓將軍》（Patton）？』我會回答『我覺得《巴頓將軍》是部傑出的電影，但它與我從歷史中獲得的對巴頓這個人的理解不一致。這是部好電影，對此我毫無異議。』相信我，如果下一次我還要運用非小說的傳記題材，我會小心搞清楚自己是否從中感受到如實描述

的事實，搞清楚自己在對事實失望時是否能處理得當。

「當我回想起這種情況，我想說的是：『有些問題我們輕鬆解決了，有些沒有。』」

實作練習課

當你遭遇人物問題時，首先想想本書前述的那些重要概念。如果你能查明問題的所在之處（人物不合理、缺乏立體性、沒有情感生活、價值觀不清晰等等），那麼許多對症下藥的練習能夠幫助你突破問題。

如果還是不奏效，那就問自己以下問題：

· 我是否使人物成為具體的人？他們是否過於籠統？
· 我喜歡他們，理解他們嗎？
· 我的配角是否正在接管故事？這種接管是使故事受到損害，還是使其得到有趣的發展？我是否願意暫時跟隨該人物，看看會發生什麼？
· 我是否問過人物「如果」？是否嘗試改變其性別、背景或外貌？
· 我是不是過度工作，導致腦子不動了？我的生活裡是不是只有寫作這件事了？我有沒有花時間體驗生活，以便有更多可寫之物？

小結

寫好人物是個複雜的過程，遇到問題並不稀奇。瓶頸是這一過程的自然成分，即使最好的創作者也會遭遇到它。運用某些解決問題的技巧可以減輕你的沮喪，助你突破盲點，使你的人物發揮功用。

電影中的女性
盧米納斯獎評獎標準

女性人物

· 具有多面向，並處於多樣的社會關係與人際關係中。

· 廣泛地反映出當今社會中不同年齡、種族、社會經濟階級、外觀和職業狀況。

· 通過態度、行為、內在目的推動著故事，進而影響結局。

· 通過個人意志克服了不利環境。

在全片中

· 提供洞見、新的體悟，以及提供在歷史或當代社會都有傑出貢獻的女性楷模。

· 認可女性在諸如權力、金錢、政治和戰爭等議題上的重要性，並描繪出女性在促進這些議題時的獨特觀點。

· 承認女性在家庭規畫、子女照顧、平等就業機會等議題，以及在諸如強姦、亂倫和虐待等社會問題，具有普遍重要性。

· 展示出包含著親密、溫暖、關懷、理解的愛情與性生活，並為全年齡女性享有。

後記

　　本書的寫作是一次探險。與這些技藝精湛的創作者們談話，讓我對那些用來創造絕妙人物的知識和精妙技巧，有了更深體悟。每一次，我都懷著對於他們作品的敬意，展開訪談。當訪談結束時，我對他們本人的敬意甚至更上一層樓。從他們的洞見、觀察和口才，可以明顯感受到他們是如此獨特。

　　很多寫作者都強調相同的論點：為了更理解人物，觀察周圍生活、反映自身經驗是非常重要的。然而，使我觸動最深的，或許就是每個編劇、作家似乎都找到了他／她內心的聲音。他們都有頗具價值的東西需要表達，並通過作品交流著某種對生活的觀點。無論他們寫的是關於打破藩籬的必要性、關於救贖、或是關於人們面臨的道德抉擇，個人觀點始終貫穿在他們的寫作中。

　　劇本顧問的工作，讓我認識到，寫作者們可以學會相信並去培養這種個人聲音。才能固然是寫作中很重要的一部分，但是它極少會不請自來。才能通常包含著艱苦的勞動、一定的訓練、大量的練習以及學會相信並清晰表達出個人的獨特觀點。

　　我希望本書能有助於你發現自己內心的聲音，並讓你明白，「認識自我」對任何人物的創造來說都是有力的起點。我還希望，在你的創作過程中，本書能給予你鼓舞並幫助你創造生動而難忘的人物。

引言出處

Warner Bros. Inc. for excerpts on pages 36-38, © 1989 Warner Bros. Inc.; Paramount Pictures for excerpts from *Witness,* © 1985 Paramount Pictures Corporation; Castle Rock Entertainment for excerpts from *When Harry Met Sally,* © 1989 Castle Rock Entertainment; Faber and Faber Ltd. for excerpts from *Les Liaisons Dangereuses* by Christopher Hampton, © 1985; Viking-Penguin for excerpts from *Ordinary People* by Judith Guest, © 1979 by Viking Press; United Artists Pictures, Inc. for excerpts from *Rain Man,* © 1988 United Artists Pictures; Picturemaker Production Inc. and Glenn Gordon Caron for excerpts from "Moonlighting," © 1985; MCA Publishing Rights for excerpts from *Midnight Run,* © Universal Pictures, a division of Universal City Studios, Inc., courtesy of MCA Publishing Rights, a division of MCA, Inc.; Embassy Television and Columbia Pictures Television for excerpts from the "It Happened One Summer, Part II" episode of "Who's the Boss," written by Martin Cohan and Blake Hunter, © 1985 Embassy Television; Paramount Pictures for excerpts from the "Showdown, Part I" episode of "Cheers," written by Glen and Les Charles, © 1990 by Paramount Pictures; Lorimar Television for excerpts from the "Conversations with the Assassin" episode of "Midnight Caller," written by Richard DiLello, © 1988 Lorimar Television; Samuel French, Inc. for excerpts from *One Flew Over the Cuckoos Nest,* © Dale Wasserman; United Artists Corporation for excerpts from *War Games,* © 1983 United Artists Corporation; 20th Century Fox Film Corporation for excerpts from *Broadcast News,* a Gracie Film, a 20th Century Fox Production, © 1988; Dramatists Play Service for excerpts from I *Never Sang for My Father,* written by Robert Anderson, © Robert Anderson; Random House for excerpts from *Act One,* written by Moss Hart, © 1959 Random House, New York.

致謝

我將深摯感謝

獻給我的編輯辛西婭‧伐坦（Cynthia Vartan），
我的兩本書都與她合作，
感謝她的真知灼見和鼓勵，
為我提供了不受壓抑的創作氛圍；

獻給我的經紀人瑪莎‧卡瑟曼（Martha Casselman），
感謝她的辛勤工作和清晰頭腦。

獻給我的朋友和同事達拉‧馬克斯（Dara Marks），
她提供了出色的建議、原創的觀點，
並在我的寫作過程中給予了重要的情感支持。

獻給藍尼‧費爾德（Lenny Felder），
他為本書取了書名，
感謝他的專業和好點子。

獻給凱薩琳‧勒澤（Cathleen Loeser）和大衛‧奧茲（David Oates），
他們帶來的腦力激盪，
助我在寫作第四章和第八章時文思泉湧。

獻給審讀人（和編劇們）：
李‧巴徹勒（Lee Batchler）與珍妮‧史考特‧巴徹勒（Jenet Scott Batchler）、拉爾夫‧菲力浦斯（Ralph Phillips）、林賽‧史密斯（Lindsay Smith），還有林恩‧羅森堡（Lynn Rosenberg），
感謝他們為我審讀此書，幫助我求證理論、理清思路，
他們也貢獻很多時間，為我潤色這份手稿。

獻給C‧G‧榮格學會（C. G. Jung Institute）的
艾倫‧克恩（Alan Koehn）博士，
他幫忙審讀了本書的第四章；
以及媒體訪問處（Media Access Office）的劇作家保羅‧卡特‧哈里森（Paul Carter Harrison）和戴安‧皮亞斯特羅（Dianne Piastro），
他們幫忙審讀了本書的第十章。

獻給蘇珊‧雷伯恩（Susan Raborn），
感謝她的研究和數小時的錄音帶整理，
在我需要的時候，她總樂意伸出援手。

獻給聖塔莫尼卡的友好電腦商店（Friendly Computer Store）成員，
感謝他們所有的技術支援。

最後，獻給我的丈夫彼得‧海森‧勒瓦爾（Peter Hazen Le Var），
感謝他聆聽我的思考，
助我腦力激盪，
他總是給予我愛的支持。

國家圖書館出版品預行編目資料

角色人物的解剖:你寫的人物有靈魂嗎?劇本、小說、廣
告、遊戲、企畫都需要的角色形塑教科書!/ 琳達‧席格
(Linda Seger)作;高遠譯. -- 初版. -- 臺北市:原點出版:大
雁文化事業股份有限公司發行, 2020.12
256 面 ; 17×23 公分
譯自:Creating Unforgettable Characters
ISBN 978-957-9072-84-7(平裝)

1.電影劇本 2.寫作法 3.角色

812.31   109019577

本書譯文,由銀杏樹下(北京)圖書有限責任公司授權(台灣)大雁文化事業股份有限公司 原點
出版事業部在台、港、澳出版發行繁體字版本。

角色人物的解剖

你寫的人物有靈魂嗎?劇本、小說、廣告、遊戲、企畫都需要的角色形塑教科書!

作者	琳達‧席格(Linda Seger)
譯者	高遠
封面設計	白日設計
內頁構成	黃雅藍
執行編輯	劉鈞倫
校對	吳小微
責任編輯	詹雅蘭
行銷企劃	王綬晨、邱紹溢、蔡佳妘
發行人	蘇拾平

出版　　　原點出版 Uni-Books
　　　　　Facebook: Uni-Books 原點出版
　　　　　Email: uni-books@andbooks.com.tw
　　　　　105401 台北市松山區復興北路333號11樓之4
　　　　　電話:(02)2718-2001　傳真:(02)2719-1308

發行　　　大雁文化事業股份有限公司
　　　　　105401 台北市松山區復興北路333號11樓之4
　　　　　24小時傳真服務(02)2718-1258
　　　　　讀者服務信箱Email: andbooks@andbooks.com.tw
　　　　　劃撥帳號:19983379
　　　　　戶名:大雁文化事業股份有限公司

初版一刷　2020年12月

定價　　　420元
ISBN　　　978-957-9072-84-7